Алексей Пажитнов

...И АНГЕЛА БЕСПЛОТНЫЙ ПОЦЕЛУЙ

МОСКОВСКИЙ МАУГЛИ

Книга 1

2025

Перед Вами первый роман Алексея Пажитнова, автора популярной компьютерной игры «Тетрис».

Действе романа происходит в Москве, в начале 70-х годов.

Автор, выпускник физико-математической школы и престижного вуза, выросший в интеллигентной московской семье, описывает, на первый взгляд, неведомый ему «антимир» – приключения «трудного» подростка, ловкого и успешного грабителя.

Читателя увлекает калейдоскоп событий, за жизнью и становлением главного героя скрывается мрачный период советской жизни, когда благородство и прямота были в чести лишь у людей, живущих «по понятиям», старающихся держаться подальше от «органов». Система прогнила, и наши симпатии невольно на стороне главного героя, упорно стремящегося к «лучшей» жизни.

Главный герой, без пяти минут «вор в законе», на самом деле – alter ego автора. Он – любящий сын, надежный брат, настоящий друг, блестящий ученик и талантливый спортсмен. Читателя, несомненно, увлечет этот «поиск» своего настоящего «я», откроет или напомнит ему, в какой стране приходилось жить, научит, как оставаться человеком при любых обстоятельствах.

Первая часть называется «Московский Маугли». Неужели «дикий» Маугли поймет, что такое любовь? Научится решать сложные геометрические и жизненные задачи? Какие испытания приготовила ему жизнь?

Обязательно прочитайте весь роман – вторая и третья часть раскроют нам взлеты и падения главного героя в той стране, где так легко падать и так непросто взлетать…

Алексей Леонидович Пажитнов
… И ангела бесплотный поцелуй. Книга 1. Московский Маугли.

Филадельфия, 2025 — 190 с.
Редактор: Татьяна Манусова
Художник: Жанна Сугира
Компьютерная вёрстка: Анна Бродская
Фотографии из архива автора.
Издатель: Павел Мостинский
Все права защищены.

Alexey Pajitnov
The Angel's Ethereal Kiss. Book 1. Moscow Mowgli.

Philadelphia, 2025 — 190 pp.
Edited by Tatyana Manusov
Cover and Illustrations by Jeanna Sugira
Computer Design by Anna Brodsky
Photos from author's archive
Published by Paul Mostinski
All rights reserved.

ISBN 978-1-965104-03-3
Library of Congress Control Number: 2025913169
© Alexey L Pajitnov 2025

ПРЕДИСЛОВИЕ К ПЕРВОМУ ИЗДАНИЮ

Пару лет назад, перерывая свои старые записи, я наткнулся на давно забытую потрепанную «общую тетрадь» в клеточку, верно служившую мне тайным дневником в дни моей странной школьной юности. Я открыл ее и не смог оторваться, пока не дошел до последней страницы. Конечно же, после стольких лет тексты воспринимались, как записи постороннего человека, но, вместе с тем, короткие деловые заметки бесцеремонно будили такие яркие воспоминания, что рука сама потянулась к перу и чистой бумаге.

Я переписывал свой дневник, заменяя, где можно, слишком уж матерные присказки, смягчая воровской сленг, а также дописывая по памяти опущенные подробности и вставляя то тут, то там, небольшие пояснения.

Сначала я тщательно выделял цитаты и вставки, стараясь соблюсти в них хоть какой-то порядок, но постоянно сбивался и запутывался. А текст не давал останавливаться и настойчиво гнал меня все дальше и дальше. В конце концов, я плюнул на стилистическое правдоподобие, беспардонно смешав все вместе – и то, что тогда озвучивал собеседникам, и то, что только собирался сказать им, и то, что сказал бы сейчас.

У меня нет тому оправданий. Я знаю, вдумчивый читатель не раз поморщится, встретив в речи пятнадцатилетнего хулигана слова и обороты, о существовании которых тот и подозревать не мог. Да и вся история, по-видимому, многим покажется весьма фантастичной. Но тут уж – что было, то было.

Я безмерно ценю твою снисходительность, читатель!

Г.С. Болотин

Алексей Пажитнов, 1973 г.

Книга 1
Московский Маугли

...
К седым вершинам пролегла дорога,
Но лёгок путь среди звенящих струй –
Несу с собой лишь золота немного
И ангела бесплотный поцелуй...

Г. Болотин. Вор на распутье

1. Соседняя сберкасса

Я увидел грязноватый неприметный фургон, неторопливо заворачивающий в переулок направо, и сердце мое сильно ёкнуло. Наконец-то! Я пас эту сберкассу уже два месяца и почти потерял надежду хоть на что-то... И вот бронированный доставщик денег в конце рабочего дня въезжает в переулок, где кроме сберкассы и аптеки вообще никаких контор...

Так, успокоиться и собраться! Последить за фургоном? Не стоит – можно засветиться: московские бабушки во дворах очень наблюдательны и болтливы. Я повернулся к витрине продмага и стал внимательно рассматривать сложенные в пирамиду пачки какао.

Сейчас около шести. В семь касса уже закрыта, и на улице стемнеет – как-никак, октябрь на дворе. Так что с семи вечера касса меня ждет. Лучше всего прийти ночью, как я делаю уже пятый, нет, четвертый раз. Правда, придется еще покумекать, как потом отмазаться. Зайду-ка в продмаг, чтоб не светиться. Итак, план такой...

Но план в голове не складывался: я, наверное, чуток разволновался. Ведь с этой сберкассой у меня долгая история. Она от моего жилья – всего в двух кварталах. Я живу с мамашей и сестренкой в коммуналке старого дома в соседнем переулке, рядом с Плющихой

Я особо на эту сберкассу-то не заглядывался, хотя занимаюсь понемножку скоками – квартирными и магазинными кражами. Но у наших не принято рядом с домом светиться. А тут летом еще, в августе, жара стояла страшная. Вот кассирши, видно, не выдержали и форточку приоткрыли... Я в аптеку напротив, за пилюлями для сестренки пришел, и пока ждал очереди в рецептурный, вышел на улицу подышать. Ну и вижу: передо мной – касса с форткой открытой, да еще на первом этаже. Прямо, как приглашение!

Окно выходит не на улицу, а на... дворик-не дворик, не пойму как описать – углубление такое в доме. Скорее всего, это дворик когда-то был, от улицы стеной отгороженный или воротами, но ограду потом, наверное, снесли – вот такой открытый дворик и получился. В него выходят двери двух парадных – заколоченные окна с лестничных пролетов, ну и окно из сберкассы с моей открытой форточкой. Окно, правда, за толстенной решеткой, но прутья вертикальные и выгнутые какие-то – дом старинный, решетка еще с тех времен.

Взрослому не пробраться, но мне-то как раз! Ведь моя масть, ну, специальность – шнифер, «форточник». Отсюда и погоняло (я – Гена Форт). Ростом я не велик – «метр с кепкой», да и кость тонкая, так что в любую дырку пролезаю запросто.

Так что решил я за кассой той посмотреть. Каждый раз, как ночью домой шел, всё в переулок забегал и проверял, закрыта ли фортка... Ну и повезло, наконец. В пятницу, помню, было, ночью. Видно, кассирши на выходные торопились, вот форточку опять и оставили. Забрался я на окно, прутья потеребил – крайний справа проворачивается немного. Поднатужился, голова еле-еле за решетку пролезла, даже ухо поцарапал. Фортка – на окне слева, вот и протискивался между прутьями и окном - по верхней части, где решетка выгибалась наружу. То еще удовольствие! Но я все-таки спортсмен – занимаюсь в школьной секции спортивной гимнастики, тренируюсь каждое утро. Так что протиснулся.

Хорошо, окно во дворик, и переулок тихий: днем мало кто ходит, а уж в час ночи – совсем никого. В форточку легко пролез – я гибкий. Герань, правда, с подоконника чуть не свалил, еле поймал горшок, когда он уже падал. Перепугался – думал, шороху наведу...

Постоял, огляделся – ночь была не темная. В комнате три письменных стола, стойки с полками для бумаг, кассовый аппарат у окошечка, что смотрит в зал для посетителей, и большой старинный сейф на полу. Сердце стучит, ударов, наверное, двести — в первый раз я на таком скоке. Мне лет-то всего пятнадцать с половиной, вор-малолетка, можно сказать. Подождал минутку, подышал, успокоился, и к аппарату. Гляжу — аппарат серьезный, новый, не как у мамаши в ее винном. Осмотрел со всех сторон: вроде только к розетке провод. Значит, не на охране...

С кассовыми аппаратами я встречаюсь не впервой, там замочек хлипкий — и от клавиш каких-то открывается, ну и «мальчиком» тоже. Я отверткой меж дном и денежным ящиком пошуровал, чувствую, скобка там пружинит, прижал ее и по передней панели ящика кулаком стучу, раз-другой, вот ящик со звоном и выезжает, родимый. Пустой. Две какие-то старые бумажки под ячейками, мелочи горсть и все. Денежки-то, судя по всему, в сейфе на ночь заперты. Невезуха.

Присел я к сейфу, ручку подергал, колесико покрутил — заперт, конечно. По ящикам столов письменных у кассирш пошерстил — никакого ключа, конечно, не наныкал. Зря, выходит, под серьезную статью залез? В статьях-то я разбираюсь — у меня уже две "ходки": первая — маленькая, практически привод, а вот вторая — серьезная: почти год в колонии общего режима для малолетних правонарушителей. И больше мне не надо!

Опять к сейфу, ухом к дверце припал и ну колесико с цифрами крутить — оно внутри потрескивает, но никаких щелчков, ничего. Кручу медленнее, треск в ударчики перешел, но больше ни звука. Совсем медленно, еле-еле поворачиваю, ухо замерзло, ногу отсидел и ссать уже хочу, не могу... Наконец, что-то еле-еле скрежетнуло, и снова щелчок очередной. Глянул на колесико — «48» на самом верху. Прокручиваю оборот и снова пробую — вроде бы — да, снова такой звук еле слышный, у меня от напряжения в пальцах колесико-то в другую сторону пошло и снова щелкнуло, но щелчок будто бы другой на слух. Вот, думаю, первую цифру нащупал, быть мне медвежатником!

Тут по улице машина проехала, затряслось все, и страх до костей пробрал — светло уже, а мне еще выбираться отсюда! Нашел тряпицу в кладовке, быстро вытер все за собой, прибрался, арматуру свою собрал, пришпандорил леску на форточку, чтобы в другой раз от кассирш милости не ждать. Выбрался опять через окно, к двери и подходить даже не стал.

Потом еще немного оснастился. Сгонял в больницу в Сокольниках, ну, чтобы подальше от дома, и слуховую трубку стянул у раззявы-докторши какой-то. Хотел еще там заодно зажим хирургический раздобыть, видел, как мой дружок им лихо «балеринку» в замке проворачивал. Но не попался мне зажим, к хирургической не подступиться было. Зато этот стетоскоп — у меня теперь был самый настоящий — с толстыми пластмассовыми трубками и большой блестящей шайбой на конце. Снова поздней ночи дождался — и в кассу.

Залез быстро — дорожка знакомая. Сел поудобнее, подушечку подложил — на стуле у кассирши валялась. Свечку зажег, трубку к сейфу прижал — и за колесико. Слышно отлично, будто глазами видишь, как колесики крутятся. За час, наверное, первые четыре цифры усёк, а пятая все никак не давалась. На седьмом обороте плюнул и стал просто на каждой цифре пробовать дверцу открыть. И вот на десятой, наверное, пробе ручка со скрипом подалась, и дверца беззвучно отворилась. Из нутра пахнуло старой смазкой и чем-то еще необычным, наверное, деньгами. Незабываемое чувство!

Но денег-то в сейфе почти и не было. На верхней полке лежала небольшая кучка мелких купюр, видать, из кассового аппарата, а рядом — одна пачка червонцев. На нижней полке — папки с какими-то бумагами, я их даже трогать не стал. Посчитал добычу — почти полторы тысячи рублей

(1483 рубля, если точнее) Я, конечно, таких денег никогда и в руках не держал, но разве это фарт? Я слышал, что сберкассы брали редко, чаще с погонями и кровью, но уж меньше чем о 30 тысячах даже и разговоров не шло... Сердце стучит, не знаю что делать – и деньжищи такие в руках и не так здесь что-то! Вдруг как мягкий удар по затылку – ЗАБЕРЕШЬ И ТАКОЙ ШАНС УПУСТИШЬ... Я решительно сложил червонцы, обернул банковской ленточкой, собрал в кучку мелкие рублики и сложил все в сейф, как было. Вздохнул и запер его. И сразу спокойно стало, и голова очистилась. Присесть на «червонец» за полторы косых мне никак не хотелось. В кассе – все по-прежнему, никто моих посещений не заметил, наведаюсь еще, должно же, в конце концов, пофартить!

2. Скок-экспромт

И вот мне денежки в кассу, похоже, привезли. Если сумма большая – потом весь район шерстить начнут, собачек приведут. Так что после скока увозить надо все и ныкать подальше, лучше за городом. Значит так, ждем ночи, ломим кассу, ловим такси и – на вокзал, к первой электричке. Вот и весь план. Да, и за «арматурой» еще забегу. Ну, попили соку и вперед!

Зашел я в продмаг, постоял за соком, взял стакан томатного и пачечку хрустящих хлопьев, они сладкие, люблю такие. 17 копеек всего, а почти обед! Поел, выхожу из магазина, смотрю – дождь пошел.

По переулку бегу мимо аптеки бегом, смотрю – фургон приткнулся в проулке прямо на тротуаре рядом с кассовой дверью. Капот открыт, шофер в мотор почти с ногами залез, шурует. Я – на эту сторону, к кассе, улицу перешел, подхожу ближе. Тут мужик в кожаной куртке из кассы выходит, ругается, за ним тетка – без пальто, газетой голову прикрывает. Я вприпрыжку им навстречу, поравнялся, мимо прошел, оглянулся: он – к фургону, она за ним, втолковывает ему что-то, а тот отбрехивается.

Меня тут как что-то подтолкнуло... Я – раз и в кассу! Дверь за ними еще прикрыться не успела, заскакиваю в зал, оглядываюсь – никого! Аж дыхалку перехватило, я – раз-раз, через воротца перепрыгиваю в операционный отсек, юркнул к сейфу – он почти у стенки стоит на полу, а за ним закуток крошечный, в таком только кошка поместится, ну и Гена Форт, и то, если сожмется в комочек. Скрючился, сижу, слышу – воду в туалете спускают, и вторая кассирша выходит. Садится к кассовому окошку прямо впереди меня. Слава богу, не заметила. Застыл, сижу не шевелясь. Тут первая тетка с улицы возвращается, сердитая, идет к своему столу, причитая:

– Не положено им по инструкции, уродам! Карбюратор у них полетел, мастер еще когда чинить подъедет, а деньги вернуть – никак не получается, банк уже закрыт – пятница, короткий день. Ты, Клав, как хочешь, а я пошла – завтра к семи утра опять сюда, их встречать... Им, видишь ли, в Кубинку гнать с зарплатой. С Егором этим каждый раз ерунда какая-то!

– Может, дождь все-таки переждем, времени-то еще полно, полседьмого нет...

– Пойдем, пойдем, запирай остатки, и закрываемся! Зонт тебе дать могу, я в плаще сегодня, как знала.

Ну, вот и всё! Сейчас к сейфу пойдет, и я сгорел... Пульс как бешеный, но я застыл, не шевелюсь. Заметит – взвизгнет, вот тогда мне – прыгать к воротцам— в зал – к дверям – на улицу – и делать ноги!

– Нет, не надо, есть зонт. Ой, Таня, они сейф-то опечатали! Остатки мне, что, в кассе оставить?

– Да оставляй, завтра посчитаешь, пойдем уже, надоело, сил нет!

Щелкает ключ, запирающий кассовый аппарат. Тетки одеваются, выходят через зал к двери, звенят ключами, гаснет свет, щелкают запираемые замки, тишина.

* * *

Жду еще минуту, с трудом выползаю из убежища. Пасмурно на улице и темнеет уже, видно плохо. Все тихо, только шум дождя по оконным решеткам. Смотрю на сейф, и вправду: на дверце и левой стенке – сургучные печати, небольшие, с три копейки, наверное, между собой ворсистой вплавленной веревочкой соединены. И полоска бумаги наклеена, но что на ней написано – не разобрать, темно. Хуже всего – цифры на колесе сейфовом не разглядишь никак. Неужели свет зажигать?! Фонарика нет – я же влез-то без всего, мимо шел... Не курю я – спичек-зажигалок не ношу. Что делать? К столу, было, подался, но и в ящиках искать – только на ощупь, пальчики оставлять. Так паршиво мне стало, аж затошнило. Сидеть мне здесь до поздней ночи, пока свет не страшно будет зажечь. А что скажу потом – где был? Тут живот немного прихватило, эх, пойду, посижу, может, чего надумаю.

Захожу в туалет, дверь закрываю, щелкаю выключателем, и сразу идея – с включенным светом дверь можно приоткрыть чуть-чуть, с улицы и незаметно почти. Сказано – сделано. Дверь открываю, выскакиваю и быстро прикрываю. Снизу из щели свет просачивается – пол только вокруг освещается, а дальше – темь. Приоткрываю дверь немного, становится светло и очень страшно. Ох и натоптал же я тут!!! Заскочил в сортир снова и закрылся – ну к черту, подожду ночи.

Вдруг смотрю – и глазам не верю – на крошечном умывальнике, на полочке – справа мыльце, а слева – спичечный коробок! Хватаю, трясу – гремит, значит, не пустой! Тетки, видно, стеснительные, как посрут – бумажку запаливают, от запаха. Теперь бы найти что-нибудь вместо свечки и порядок! Свечу-то им здесь держать незачем, искать бесполезно. А из чего она? Воск или этот, как его, стеарин. Вот мыло такое же мягкое, но вроде не плавится. А еще и фитиль придумывать! А что плавится? И опять вдруг как вол-

   ...И АНГЕЛА БЕСПЛОТНЫЙ ПОЦЕЛУЙ

на теплая по затылку – СУРГУЧ! И ВЕРЕВОЧКА ПРИ НЕМ! Беру коробок, гашу свет, выхожу. Жду, пока глаза к темноте привыкнут, иду к сейфу. Отколупываю печати – страшно, но пути назад нет. Достаю ножик – маленький, перочинный, он всегда у меня в кармане. На полу разрезаю веревочку у самого сургуча. Привстаю, смотрю в окно – дождь, в переулке – никого. Ого, про пальчики бы не забыть и про следы на полу. Иду в сортир. Там, я заметил, полотенце вафельное висело… ага, вот оно, грязноватое, немного влажное. Беру его, возвращаюсь к сейфу, сажусь, сразу привстаю, смотрю в окно – какой-то прохожий метров в двадцати спешит с зонтом. Подождал пока прошел, чиркаю спичкой, подношу к веревочке, торчащей из сургуча. Поджигалась долго – спичка догорела почти. Наконец, загорелась и зачадила. Вытряхиваю спички в карман, зажимаю «свечку» в пустом коробке, ставлю на пол. Привстаю, смотрю в окно – никого. Берусь за диск, поехали!

По часовой 48,

против часовой, через оборот 17,

по часовой 33,

против 50,

и наконец, по часовой 8.

Ручка сейфа подается вниз. Теперь можно перевести дыхание.

Сейф забит битком! На верхнюю полку перекочевали все бумаги. Там же четыре толстые пачки: четвертаки и червонцы. Засовываю деньги в карман куртки, пока не забыл. Внизу – что-то объемное и темное. Свою «свечку» ставлю на сейф, ощупываю предметы на нижней полке – вроде, ткань какая-то грубая… Хватаюсь поудобнее, тащу – ага, ясно, инкассаторская сумка, увесистая. И вторая вон, на той же полке в углу. Ну-ка, давай и ты на свет. Вот это да – еще тяжелее! Сумки – заперты, и тоже с сургучными печатями на замках. Возиться с замками некогда, сумки небольшие, в них и потащу.

Так, поехали!

Сейф закрыть, мусор с пола собрать в карман, глянуть в окно – никого – сейф протереть: ручку, колесико, дверцу (на ней, небось, еще с августа отпечаток моего уха), пол везде протереть, куртку снять, вытащить шнурок из пояса, связать им сумки вместе, осмотреть все (вроде чисто), сумки через плечо, куртку надеть, взять свечку (почти догорела) – и к двери!

Осматриваю замки. Верхний – солидный английский – открывается, по счастью, поворотом втулки, нижний – просто железная коробка без скважин, ручек и рычагов. Линейный беспружинный запор! В первый раз его вижу – это самый серьезный из всех дверных замков. Считается, что открыть его отмычкой невозможно. Осматриваю коробку еще раз – ни винтиков, ни клёпок, чистая стальная поверхность – две прорези на боковом торце – и все. Коробок с огоньком ставлю на пол. В отчаянии хватаюсь за коробку, трясу – и вдруг она подается в сторону! Просто накладка на пазах, прикрывающая два стальных засова. Снимаю накладку и рукой, с усилием отодвигаю по очереди засовы.

Похоже, я почти на свободе... Где полотенце? Протираю засовы, ставлю назад накладку, протираю. Полотенце – вокруг шеи, поднимаю «свечку», задуваю, засовываю полностью в коробок, кладу в карман. Выходим? Ого, чуть не забыл! Вот бы попал! Возвращаюсь к теткам в отсек, забираюсь на подоконник, открываю форточку. Ножичком срезаю свою леску с форточной петли, убираю в карман, закрываю и запираю форточку, все протираю. Ажур! Назад к выходу.

Прихватив полотенцем, открываю верхний замок. Все, мотать отсюда!

3. Мостик в небо

На улице холодно и дождь, но я с удовольствием вдыхаю свежий воздух. Делаю шаг влево и вдруг вижу, как открывается дверь аптеки. Я невольно присел от страха и спрятался за кузов фургона, все еще стоящего на тротуаре рядом с дверью. Пока аптечные покупатели выходили и раскрывали зонты, я успел, согнувшись, прошмыгнуть за кузов, почти вплотную к стене и затаиться. Слышу, прошли мимо по другой стороне. Наверное, можно выходить.

Дождь-то какой! Мне вдруг за шиворот – целая струя воды, как из кружки. Смотрю вверх: торец стены с тремя освещенными окнами и какая-то конструкция на стене прямо над головой чернеет. Господи, да это же пожарная лестница! Я – форточник. Я обращаю внимание на все, куда залезть можно, и пожарку эту видел не раз, но высоко висит, зараза! Метрах в пяти от земли обрывается, и стена под ней голая, гладкая. Но сейчас-то рядом фургон торчит! Снова идея к затылку теплой волной: НА ЧЕРДАКЕ ВСЕ И СПРЯЧУ!

Забираюсь: правая подножка – переднее крыло – капот – крыша кабины – крыша кузова. Теперь – осмотреться, в переулке – никого. До лестницы с края крыши фургона метра два наверх и два в длину – допрыгнуть можно, но не с тяжестью же на плече. Выпрастываю руку из рукава куртки, сумки – долой, куртку на место – брр – машинально натянул капюшон и снова получил пригоршню холодной воды за шиворот. Поднимаю сумки – тяжелые, но я докину. Только зацепятся ли? Если нет, бросаю затею и делаю ноги.

Двумя руками из-под колен, как ребенок мяч, бросаю связку из двух сумок на лестницу. Попал, повисли! Даже на второй ступеньке – не на последней. Отступаю на край крыши фургона, разбег, два коротких шажка, прыжок! Хорошо, что ухватился двумя руками – рывок вниз солидный, чуть не вывихнул кисть. Раскачиваюсь, перехватываю повыше, локоть на ступеньку, перехватываю еще повыше, вот я и на лестнице. Отдышался – и за сумками. Прятать под куртку не стал, повесил, как коньки, на шею.

Лестница – скользкая и холодная, перекладины проржавели и шатаются. Лезу медленно, стараюсь держать вес больше на руках, ступаю ближе к краям. Когда был уже примерно на пятом, услышал шум проезжающей по переулку машины. Но я даже не вздрогнул. Спасибо тебе, мостик в небо! И завтрашнему Джульбарсу розыскному – мой воздушный привет! Неожиданно наступило спокойствие. Вот, болтаюсь здесь, на скользкой шатающейся лестнице, на высоте примерно шестого этажа, с сумками, полными ворованных денег (наверное, на расстрельную статью тянет), практически на виду у всей улицы и почему-то уверен, что все страшное уже позади.

А вот и крыша. Сбрасываю сумки, забираюсь, становлюсь на четвереньки, ползу вверх и тащу связку за собой. Оглядываюсь – вон наверху, правее, полукруглое «слуховое окно». Почему его так называют – слуховое, интересно? Под козырьком на стекле толстый слой пыли и грязи. Пробую расшатать запертую раму – отлично, окно крепится как фрамуга – петли снизу, а запор сверху, петли обычно хлипковаты. Продолжаю расшатывать, стараясь продавить раму вниз. Ура! Открылась! Теперь бы еще в эту щелочку пролезть. Пропихиваю сумки в щель, сам лезу сам ногами вперед, животом по раме; черт, грудь не пролезает! Деньги! Выползаю назад, достаю из кармана пачки, бросаю в щель фрамуги. Вторая попытка: ногами вперед, животом по раме. Прекрасно, грудь прошла, ступнями нащупываю подоконник – вот она, маленькая приступочка – встаю, теперь можно и голову «продеть», не поцарапав уши.

* * *

На чердаке душно, пыльно и темно. Похоже, здесь давно никого не было. Очень низкий потолок, полно каких-то балок, перекрытий – в темноте не разберешь. Так, обтереть кеды полотенцем, закрыть окошко. Спрыгиваю на пол. Вон, с потолка свисает «монашка» – голая лампочка на шнуре. Вон дверь. Подергал – заперта, конечно. Рядом с дверью – выключатель. Лампочка дает тусклый желтый свет. Чердак тянется далеко по обе стороны от двери – стены уходят в темноту, но в отдалении еще просвечиваются пара полукруглых «слуховых окон». Ладно, за дело! Я присел рядом с сумками и, сорвав сургучную государственную печать, расковырял ножиком первый замочек. Ну, сколько там? Вытряхиваю на пол содержимое – пара десятков заклеенных крест-накрест полосатой бумажной лентой пачек. Беру пачку, рассматриваю – аккуратным, почти ученическим почерком надписано: 100х100руб. = 10,000 рублей. Я испытал легкое головокружение – на грязном полу валяется не меньше сотни тысяч рублей. Вскрываю вторую сумку, вытряхиваю содержимое – такие же пачки, и их даже чуть больше. Сажусь на корточки, начинаю раскладывать пачки на кучки. Мать честнАя! 12 сотенных пачек, 6 толстых пятидесятирублевых (по 200 бумажек в пачке), 16 маленьких плотных пачек по 100 четвертаков и 10 пухлых перетянутых всего одной поперечной полоской пачек по сто червонцев. Ровно 230 тысяч рублей – столько, наверное, еще никто не крал!
Я с трудом преодолеваю некоторое свое обалдение, делю кучки поровну, раскладываю равные доли по сумкам, потом вспоминаю о пачках из кармана куртки, валяющихся у окна. Иду собирать – одна пачка червонцев и три четвертаков: это будет семь с половиной да одна – восемь с половиной тысяч. Извлекаю из пачки червонцев пять купюр и прячу в карман. Остальные кладу в одну из сумок и запираю обе раскуроченными замочками. Теперь бы

спрятать их здесь понадежнее...

Оглядываюсь. Вон балки – почти вплотную к стене. Перекладины сходятся у самой крыши – но можно по соседним балкам залезть – посмотреть. Лезу, смотрю – то-что-доктор-прописал, между балками и стеной – просвет сантиметров пятнадцать. Беру сумку, забираюсь на горизонтальную балку, голова почти касается крыши, сажусь верхом, продвигаюсь к стене, запихиваю сумку в просвет за балки. Подергал – сидит плотно, слезаю, беру вторую, лезу снова, запихиваю рядом. Порядок, если специально не искать, никак не заметить. Все, канаем отсюда!

Ну и насорил же я тут! Заметные следы на пыльном полу ведут от окна до двери, и назад, и к балке... Слава богу, к нычке следы не ведут. Ладно, убираться влом, да и нечем. Собираю мусор, достаю коробок, нашариваю в кармане пару спичек и пробую зажечь «свечку». Не получается, спички в кармане отсырели. Убираю все карман, гашу свет и отправляюсь искать выход в потемках. Налево – направо? Пойду налево. Если там выход, то ведет на улицу, а не назад, в переулок к кассе. Иду на цыпочках – меньше следов, да и шуметь не стоит. Дошел до противоположной стены, вот еще «монашка» болтается, значит и дверь где-то здесь.

Ага, не дверь, а люк, да какой здоровенный! Заперт, сто пудов... Однако, поднимаю из выемки здоровое кольцо-ручку, тяну вверх – люк открывается! Снизу – свет. Спускаюсь по короткой чугунной лесенке на верхнюю площадку лестницы подъезда. Придерживая, тихонько закрываю крышку люка. Смотрю по сторонам: а-а, ну понятно, почему люк не заперт. За шахтой лифта посредине самого верхнего пролета, перекрывая все пространство подъездной шахты, приварена вертикальная решетка, сетка-рабица.

На лестницу из сетки выводит решетчатая дверь – разумеется, на висячем замке. А он – с той стороны...

Итак, ползти по решетке до другого края и спрыгивать

   ...И АНГЕЛА БЕСПЛОТНЫЙ ПОЦЕЛУЙ

метра на четыре вниз, на второй марш лестницы – или перебраться на другую сторону решетки через нижнюю кромку – над бесконечно глубоким колодцем лестницы и спокойно забраться на последний марш – уже перед дверью? Что выберет гимнаст-шнифер Геннадий Болотин? Конечно, прыжок!

Карабкаться по решетке приходится на одних руках, носки кедов в ячеечки не проходят. Так, вот я уже над ступеньками, сползаю вниз, повисаю на раме решетки. Ого, можно ведь и на верхнюю часть лестницы прыгнуть, не так высоко, только вниз бы не покатиться. Перехватываю руки, проворачиваюсь, пару раз раскачиваюсь, прыгаю, и сразу на корточки как лягушонок. Все! Последний рубеж преодолен. Быстро бегу вниз, держась за перила.

На втором этаже меня настигают звуки радио и одуряющий запах пережаренной картошки. Черт, я ведь с утра не ел ничего, только хлопья... Одна из дверей первого этажа приоткрыта, но на цепочке - наверное, сковородку на огне забыли, а теперь кухню проветривают. Звук радио из квартиры доносится громко и отчетливо:

- Девятнадцать пятнадцать московское время. А теперь – Маяк о спорте...

Я не поверил собственным ушам. По моему внутреннему будильнику сейчас уже около десяти! Неужели все произошло так быстро?! А что? Тетки ушли в 6:20 примерно, 20 минут на кассу, 5 – на путь до чердака, 30 – на ухоронку, люк и рабицу... Могу ведь еще и в школу забежать для отмазки!

4. Вечером в школе

Дело в том, что сегодня в школе – районные соревнования по гимнастике, и физрук Павел Григорьевич просил прийти поболеть за наших. Выступать-то я пока рылом не вышел, я в седьмом классе только. Пал Григорич – хороший мужик, меня в зал по утрам пускает, я, было, решил его уважить и прийти, но тут такая незадача – денежки мне в сберкассу привезли. Однако в семь должно начаться, опоздание пока небольшое, пойду, пусть меня весь вечер в школе видят.

Школа – в трех минутах ходьбы. Все правильно, вон в спортивном зале свет вовсю, но в раздевалке на первом этаже света нет, наверное, дверь уже заперли. Но что же я, в родную школу не войду, что ли? Третье слева окно цокольного этажа – поднимаю давно подпиленную решетку, форточка в темный подвальный кабинет гражданской обороны открывается с пол-оборота. Прыг, и я в школе. За прислоненным к стенке стендом прячу весь мусор и вафельное полотенце. В подвальный коридор выскользнул – никто не заметил, но у двери в спортзал – директор топчется, волнуется.

– Болотин, тебя тут все ищут, ты где был?!
– Наверху... посрать ходил, Валерий Анатольевич.

Стою, поза почтительная, смотрю детским невинным взглядом, смиренно жду указаний. Лицо директора побагровело, думаю, «всё, сейчас убьет!», но тот отвел глаза, прокашлялся, и пробормотал: «беги вон к физруку, обыскался тебя!». Интеллигенция: смутить – как нечего делать. Я кивнул и – бегом в зал. Пал Григорич явно обрадовался, увидев меня.

– Тут это, Овчинников не явился, заменишь в опорном и на брусьях! Пулей в раздевалку! Вот ключи.
– Я брусья не потяну, Пал Григорич, может, кольца?

Крякнул с досадой, в затылке почесал:

– Ладно, на брусья я Смирнова перекину... Беги, давай!

Спортивную форму я держу в раздевалке, крайний поломанный шкафчик приспособил, гвоздиком хитро дверцу застопорил, если не знать, куда нажать – не откроешь..., возвращаюсь в зал пай-мальчиком в белой маечке, трусиках и чешках. Команды уже в углу зала кучкуются, «козёл» посередине стоит, сейчас уже опорные прыжки начнутся.

Я к нашей команде подошел, разминаюсь как все. Тут Смирнов – он из девятого – подваливает, наклоняется и шепчет:

– Ты что творишь, козявка, я на кольцах месяц потел, готовился!
Я, конечно, в команде самый маленький. Опускаю виновато голову и жестом ему, наклонись пониже. Он неохотно ухом ко мне наклоняется, я уже готов взвизгнуть на всю мощь, как в колонии у нас лохов учили – чтобы у него перепонку перекосило ко всем чертям, но... почему-то не стал, а прошептал в ответ:

– Все предъявы к Овчине, я ваще здесь случайно.

– Чего ж не брусья?

– Не могу я на брусьях, на горизонталях не держусь – руки короткие, не выросли пока.

Он отошел, бурча что-то под нос, а я остался стоять, не понимая, что со мной стряслось – в первый раз, как себя помню, спустил на тормозах наезд, да еще чей – простого фраера! Но тут директор дает отмашку и мы, разобравшись по командам, выстраиваемся в очередь на опорный прыжок.

На прыжки нас Григорич натаскал как надо. Все наши в команде выполнили на «8.2 – 8.3 с первого подхода, даже девчонки. Так что отрыв у нас сразу образовался аж на четыре десятых. Но тут всё пошло наперекосяк. Какая-то фифа с бревна чуть не наебнулась, а лидер наш, Петр Лавров при соскоке с коня облажался, не удержал финальную стойку, результат – 7.5. В других командах тоже, правда, не все в шоколаде, но, в общем, к моему выходу скатились мы на третье место.

Кольца и перекладина – мои любимые снаряды. У меня – маленький вес, сильные пальцы и хорошо накачанные руки и спина. А главное, уже через минуту упражнения я начинаю ловить настоящий кайф. Начинаю чувствовать каждую жилочку, каждый сустав, сердце работает как заведенное, мысли из головы куда-то уходят, кроме одной-двух, самых приятных. И еще – вдруг, сам собой, приходит правильный выбор, если не уверен был, как поступить. Поэтому я и качаюсь здесь почти каждый день...

* * *

Вот Григорич подсаживает меня на кольца и зал затихает. Повисим немного просто вытянувшись... Вот так... Ну, начали... Небольшой мах назад и – в вертикальную стойку на руках, держим 1 – 2 – 3, разводим кольца, торс – углом, медленный оборот. Я спокойно выполняю все базовые элементы, задерживаясь в стойках немного дольше, чем надо. Я – легкий, руки сильные, мне это просто, а другие еле-еле две секунды держат, особенно к концу подхода.

Ну вот, пора переходить к веселенькому. Из спокойной стойки на руках двойной выкрут в упор, задержаться в горизонтальном висе сзади, оборот назад и – опять в вертикальную стойку. Вот он, кайф! Но это не тренировка, я уже полторы минуты на снаряде, пора и к соскоку. Неожиданно в голове как вспыхнуло – ПОЛГОДА ХОТЬ ЗУБАМИ, НО УДЕРЖАТЬСЯ В ШКОЛЕ! и сразу еще: К ДЕНЬГАМ – НЕ ПРИКАСАТЬСЯ!

То ли из-за этой неожиданно пришедшей мысли, то ли от общего перевозбуждения, я перебрал немного с двойным махом назад и вошел в сальто соскока на очень высокой точке. Выхода нет – надо делать тройное сальто! Голову вниз – я сжался, плотно как только мог, в маленький крутящийся комок и коснулся пола, конечно же, в запоздалой фазе оборота. Инерция резко вытолкнула вперед, но каким-то чудом удалось удержаться, руки вперед, выпрямляюсь, руки в стороны, 1 – 2 – 3, руки по швам, небольшой поклон, только головой. Всё. Вроде бы без серьезных огрехов. Я уже был готов отправиться на место, как вдруг сердце пропустило удар, коленки подломились, в глазах все померкло, и я полетел куда-то ввысь.

Прихожу в себя от резкого запаха нашатыря, сразу подкатила тошнота, но темнота в глазах быстро рассеялась. Я еще лежу на матах в зале, школьная медсестра Полина Ивановна склонилась надо мной с ваткой, остальная публика спортзала сгрудилась за ней, и смотрит с нескрываемым любопытством. Я помотал головой, попробовал вскочить на ноги, но медсестра замахала руками – лежи мол, не шевелись. Да и какая-то слабость, шум в голове, тошнота...

– Ты когда ел-то последний раз?

– С утра только, пообедать забыл...

– Вот-вот, ты бы еще штангу с голодухи потягал, вообще бы тапки склеил... На вот, пожуй!

Я присел, разорвал упаковку и впился зубами в приторно-сладкую плитку гематогена. Толкучка, оттесняемая Григоричем, уже стала рассеиваться, тут же раздался свисток, и все затихли. Какой-то хрен из спорткомитета начал объявлять результаты соревнования. После слов о КПСС с ее неустанной заботой о нравственном и физическом развитии молодого поколения было сказано, какие мы сильные, ловкие и вообще будущие строители коммунизма, а затем выяснилось, что третье место сегодня завоевала 620-ая школа, с Кропоткинской улицы, второе место – наша, а первое... ну, словом, кто-то еще. Так что я, похоже, герой дня, хотя конкретного результата своего так и не услышал. Не беда, зато узнал, как мне надо постараться жить дальше...

До дому я доехал как поц, на автобусике. Из-за позднего времени ребят из других школ развозили по домам, ну и меня, как травмированного, подкатили прямо к подъезду. Я не люблю быть в центре внимания, но отмазка у меня теперь полная – вся школа подтвердит, что я весь вечер добывал для нее почетные грамоты.

5. Дома

Поднимаюсь на четвертый этаж в свою квартиру. У нас еще двое соседей: Глеб Никанорович Смирницкий – одинокий пенсионер, с ним мы дружим, и Забелиха – Забельская Мария Семеновна, одинокая тетка, очень нас не любит, хотя было бы, за что любить... Мы с матерью и сестрой живем в одной большой комнате с закутком для кроватей. У нас два окна, выходящие на Плющиху. Квартира – в старинном доме с высокими – в четыре метра – потолками. В комнате обеденный, он же письменный, он же игральный стол, четыре колченогих стула, комод, гардероб, холодильник, кровати (моя и Ксанкина). Мать занимает закуток, там ее кровать, шкаф и книжные полки. Еще у нас есть старый пыльный сундук, который мы держим в «темной комнате» – бывшей кладовке на общей кухне.

Время – десять. Я так рано давно не возвращался. Заглядываю в комнату. Мамаша, конечно же, с Лёсиком, похоже, допивают вторую. Интересно, уже полюбились или мне предстоит еще погулять? Лёсик уже лыка не вяжет, мать пока соображает, но, наверное, осталось недолго.

– На кухне сковородка еще, небось, не остыла. Пойди, поешь. И чайник поставь.

– Ксанка-то где?

– Тонька забрала на выходные...

Ага, сестренка сбагрена к тетке, потому и банкет. Иду на кухню: ого, яичница с картошкой и колбаской, почти половина сковороды, алкаши много не едят. Ставлю на огонь, наливаю чайник. Оглядываюсь – вонь и грязь, чье дежурство-то по кухне сейчас? Если мамашино, то я попал, мне сейчас драить все придется. Самому, бля, богатому человеку в СССР!

Над мойкой висит замызганная ученическая тетрадка – расписание дежурств по кухне. Листаю, смотрю: нет, сегодня не мы, сегодня – Никанорыч. Видать, нехорошо старпёру, даже вон не выходил сегодня – вся его посуда на полку убрана, не доставалась. Присел за кухонный столик, подчистил сковороду, заварил чаю себе прямо в кружке, иду стучаться к соседу. Он еле откликается, лежит под одеялом небритый, глаза больные.

– Что, Глеб Никанорыч, не можется?

Хрипит в ответ:

– Да вот, просквозила, нелегкая... Кашель бьет и горло.

– Э-э, тут такое дело, ваша очередь сегодня кухню драить. Заплатите Забелихе? Я договорюсь...

Вздохнул, видать с деньгами-то не густо...

– Да, да, ты попроси ее, скажи, я завтра оклемаюсь – отдам.

– Трояк?

– Ну да, как обычно...

– Пойду упрашивать. Вы пока не засыпайте, вернусь - горчишники поставлю!

Стучусь к Забелихе. Бодрая тётка в бигудях открывает почти сразу. Видать, от скуки только и слушает, что там за дверью происходит.

– Здрассте, Марья Семённа, тут такое дело, Глеб вон занемог, встать не может, вы уж на кухне помойте за него.

Достаю трешку, протягиваю. Смотрю – думает. Мало ей, что ли? Взяла, пробурчала что-то, дверь свою закрыла, ни здрассте тебе, ни спасибо. Ох, не любит она меня.

Возвращаюсь в нашу комнату – пир закончен, пришло время любви. Лёсик этот – как кролик, только помани – хоть из гроба встанет, лишь бы посношаться. Стараясь не вслушиваться в пьяную возню в мамашином закутке, лезу в ящик комода, там аптечка. Беру пирамидон, аспирин, горчичники и потихоньку выхожу. На кухне в Никанорычеву суповую тарелку набираю теплую воду, завариваю ему чай покрепче, беру украдкой из соседкиного холодильника пол-лимона, отрезаю в чай дольку, быстро кладу на место и возвращаюсь, нагруженный, к соседу.

Вот уже таблетки проглочены, сосед, закутанный в полотенце, кряхтит от горчичников, а я, как заботливая жена, ему всё чаю, пока не остыл. Хотел его порасспросить кое о чем, но он, как только ему полегчало, стал клевать носом и вскоре заснул.

Глеб Никанорович — старый зэк, отсидевший, с перерывом на войну, почти двенадцать лет. Правда, не по блатной части, а, как говорится, по экономической статье. Но знает он много интересного про зону и со мной говорить не стесняется, шахматам меня даже научил. Незаметно и я прикорнул, угревшись в его драном кресле, пробудился потом среди ночи, наощупь добрался до своей комнаты, лег и, как говорится, без задних ног продрых до шести.

* * *

У меня отличный организм! Я не болею, ем всё, сплю мало, но крепко и почти никогда не устаю. А главное, люблю спорт, тренируюсь почти каждый день. Алкоголь на дух не переношу, несмотря на наследственность, а курить — так вообще даже не пробовал. Травмы на мне заживают в момент, как на собаке. И с мозгами не так плохо — реакция хорошая, даже бокс пробовал, но из-за роста дело не пошло. Думать долго не люблю, но соображаю вроде, когда стараюсь, и научаюсь всему быстро. Потому-то меня в школу и отправили после колонии, всех остальных-то наших — в ремеслуху... Ох, недолго мне в этой школе осталось, за пару месяцев уже два раза выгнать грозились, не вписываюсь я как-то.

Встал, умылся, чаю согрел, учебники собрал — сегодня суббота, уроков мало. 6:20, пора! Бужу мамашу:

— Ма, вставай уже, тебе ж товар принимать!

Проснулась, лежит никакая, постанывает. Разозлю-ка ее — ей это лучше всего с бодуна поможет.

— Эй, ты бы это ЧМО на ночь не оставляла, заблюет тут всё!

И быстро из комнаты — по коридору — за дверь — вниз по лестнице — через парадное — на воздух.

6:30, школа еще заперта, я лезу через мое любимое окошко в подвал, заодно забираю все из нычки за стендом в ранец. Проверил – ажур, все чисто.

Зал после вчерашнего праздника спорта не убирали, все снаряды стоят, где попало, маты разбросаны, скамейки валяются. Быстренько растаскиваю все по местам, встаю к шведской стенке и начинаю разминку. 30 уголков, 30 приседаний, 30 подтягиваний, походить, передохнуть, 2 круга пробежки, теперь можно и на снаряды. Покрутился минут десять на коне, выставляю перекладину. Повисеть, в опорную стойку, вниз на переворот, мах с перехватом, двойное солнышко. Чувствую, кайф на пороге – покручусь еще немного. Пока держал угол, в голове – будто голос чей-то: ДЕНЕГ ХВАТИТ НА ВСЮ ЖИЗНЬ, ВОРОВАТЬ БОЛЬШЕ НЕ НУЖНО!

Вот он, кайф, прямо как поцелуй! Я спрыгнул, убрал перекладину и уселся на мате, скрестив ноги на восточный манер, и дышу. Да, это правда, воровать-то больше не нужно. Не нужно вздрагивать от каждого шороха, затаившись в темноте какой-нибудь конторы или торгового зала, не нужно метаться в панике при звуке ментовских сирен, не нужно дрожать на допросах, не нужно трястись по этапу в далекую зону... Все это не пустые детские страхи, а моя настоящая жизнь, я другой и не знаю. И вот момент: она, эта моя жизнь, больше не нужна, и надо начинать жить другую, получше. Только как? А вот этому меня никто пока не учил! Шаги в коридоре – вот и Григорич.

– Уже позанимался? Ты рано сегодня...

Золото, а не мужик. Знает, что залез в школу вором, что зал вскрыл отмычкой, что давно раскурочил его шкафчик в кабинете и таскаю понемногу мел для рук и прочую мелочь, и ни слова в упрек. Вот кого буду помнить, когда вылечу из этой школы к чертям собачьим.

– Да, как обычно, Пал Григорич. Я даже позднее начал, приубраться пришлось.

– Ну да, вчера-то поздно разошлись... Сегодня секции не будет, помнишь?

– Конечно, потому и пришел утром, форму держать надо.

Помолчал, почесал в затылке:

– Ты, это, к директору загляни сегодня. Мы с ним за тебя поговорили вчера, ты ведь героем вышел, школу не подвел. Может, еще оставит тебя. Обещал подумать.

– Зайду. А что, я вчера на кольцах-то много накрутил?

– А ты не знаешь?! Ну да, ты ж вырубился... 9.6 по зональной программе! Ты, Генка, по нормативам на первый взрослый точно прошел, может и дальше. С понедельника, думаю, к Москве с тобой начнем готовиться.

Его бы устами... Юркнул к нему в кабинет, там у него маленький душ в сортире, быстро помылся и – наверх, время уже к первому уроку.

6. Фея

На первом этаже останавливает меня медсестра:

– Как ты?

– Да хорошо, все прошло уже, спасибо вам.

Сурово:

– Завтракал? А ну в буфет, живо!

– Поли-Ванна, уже вон 10 минут до звонка!

– Разговоры!

Бреду в школьный буфет. Там с утра не торгуют, но варят кашу для малявок из трудных семей. Поэтому я ходить туда не люблю, но с Поли-Ванной лучше не спорить, да и жрать хочется.

Долизываю с ложки остатки несоленой овсянки на воде, через 2 ступеньки пропрыгиваю лестницу на третий этаж и влетаю в класс вместе со звонком.

Что там у нас? Географичка укоризненно качает солидным пучком на макушке, но ничего не говорит – знает уже, что отмажусь или сказану чего. Иду к себе на «Камчатку», сажусь, достаю видавший виды учебник «География СССР». Проглядеть, про что сегодня надо знать, я не успел из-за каши. Но меня, наверное, и не спросят – таких, как я, вызывать не любят.

Климатические зоны. Кому они, когда потребуются? И теперь мне всю эту херню зубрить, чтобы только не выперли? Это-то еще ладно, одну страничку учебника я запоминаю с первого раза, а вот всякая там история... или литература...

– Болотин!

Отрываюсь от грустных мыслей. Черт, прощелкал вопрос! Встаю, озадаченно чешу затылок, «э-э, Валентина Владимировна...» Соседка по парте пожалела, шепчет: «субтропики»

– Субтропики у нас в основном на Колыме и в Якутской области.

Класс, естественно, грохнул. Не выдержав, прыснула и училка.

– Пошутил я, больше не буду. Субтропиков у нас нет почти, немного на Кавказе только, а так «степь да степь кругом» или вон... тундра.

– Садись, «тундра», похоже, учебник-то ты открывал... А теперь, Орехова покажет нам лесостепи, вон, бери указку...

Пронесло! Иногда выручает просто здравый смысл. А учебник-то я, в самом деле читал, правда, весь, одним заглотом, в начале года, когда раздали.

Дальше все было как обычно, до пятого урока, которого я, честно говоря, немного опасался.

* * *

Пятый урок, последний на неделе, это урок английского языка. И сегодня мне предстоит его первое посещение. До сих пор я вообще по субботам в школе появлялся через раз, а уж до конца высидеть ни разу не получилось. К тому же в колонии номер 7 для малолетних правонарушителей, где я провел предыдущий учебный год, иностранных языков почему-то не изучали, так что мои познания в английском ограничивались «сенькью», «плиз» и «гудбай». На переменке я попытал соседку по парте, но выудил из нее только «хеллоу» и «май нэйм из...».

В кабинете сидела только половина класса – оказывается,

язык учат двумя группами. Дверь открылась, все как обычно встали, и в кабинет впорхнуло какое-то удивительное создание. Лёгким, как бы танцующим шагом невысокая щупленькая девушка быстро подошла к столу, бросила на него классный журнал, осмотрела класс, почему-то улыбнулась и негромким певучим голосом произнесла что-то, совершенно мне непонятное. Все сели, присело за учительский стол и удивительное создание. Осмотрев класс еще раз, она остановилась на мне и приветливо пропела:

– О, кажется, нашего полку прибыло....

Я встал, вытянув руки по швам, кивнул головой и вежливо произнес:

– Хеллоу, май нэйм из Гена Болотин, –

исчерпав тем самым практически весь свой иностранный словарный запас. Создание вскинуло брови, улыбнулось и пропело что-то с удивленной интонацией. Я приложил ладони к щекам и опустил голову...

– Что-то не так?

– Мне очень стыдно. Я ничего не понимаю.

– Вы не изучали английский?

– Не посчастливилось, –

развел я руками.

В классе захихикали, а создание немного нахмурилось и спросило с иронией:

– Хм, а какими языками владеете?

– Русским. Знаю еще пять немецких слов и немного бОтаю по фене. Но вам это, наверное, неинтересно, –

поспешно добавил я, чтобы сгладить неудачную шутку, являющуюся, увы, горькой правдой. Создание, однако, не рассердилось, а даже, кажется, наоборот...

– Хорошо, садитесь. Подойдите ко мне после урока – подумаем, что с вами делать.

Урок пошел своим чередом, но я, как зачарованный, не мог отвести глаз от этой весело щебечущей что-то непонятное феи. Не услышал даже звонка. Класс быстро свалил – последний урок все-таки – а я, на негнущихся почему-то ногах, подошел к учительскому столу.

— Мне директор что-то говорил о вас, но вы не появлялись, я и забыла, — проворковала фея.

— Нам придется немного позаниматься индивидуально. В этой четверти я вас аттестовать уже не смогу, извините, а к полугодию — посмотрим.

Открывает учительский стол, достает из нижнего ящика несколько потрепанных книжек, выбирает пару, протягивает мне:

— Вот учебники за пятый и шестой класс, полистайте, что будет непонятно, карандашиком отметьте, я потом помогу. Как вас зовут, я забыла?

— Геннадий. Гена Болотин... а вас?

В глазах возмущение, потом улыбка:

— Ах, ведь мы же не представлены: Чиж Нина Сергеевна, английский язык, прошу любить и жаловать. Так вот, Геннадий Болотин, время у меня только по субботам, после урока. Жду вас.

— Хорошо, я очень постараюсь,

Открыл учебник и обалдел:

— Да тут всё другими буквами!

Звонкий искренний смех был мне наградой за неприятный сюрприз:

— Да, это вам не ваша «фёкла», но ваши одноклассники справляются...

— Отлично, Нина Сергевна, прорвемся!

Я повернулся, и, не зная, куда девать избыток чувств, поднял руки и прошелся отличным гимнастическим колесом в проходе между столами — как раз до места, где сидел на уроке. Обернулся, готовый извиниться, но поймал веселый взгляд и ... пару хлопков в ладоши. Взял свои манатки, и не чуя под собой ног, выбежал из кабинета, прихватив по дороге подаренные учебники. Ура!

* * *

Продленки по субботам нет, так что обед в школе мне не светит, и надо думать, где перекусить. Решил заглянуть к мамаше, может, у нее обломится... По дороге в гастроном я заскакиваю в свой «угол» и прячу мусор и денежки, прихваченные из школьной «нычки». Оставляю себе только пару червонцев – на всякий случай. Их бы разменять помельче – не знаю почему, но на червонец в руках подростка всегда смотрят с каким-то подозрением.

В переулке, перед аптекой и напротив нее, сгрудились три «раковые шейки», автобус с красной полосой и какие-от легковушки... Уже, похоже, доблестный МУР приступил к расследованию! Я, конечно же – мимо переулка, быстрей, быстрей – к мамашиной точке.

Мать работает продавщицей в винном отделе гастронома. Для столь важного участка продаж из магазина выделен отдельный зал с собственной подсобкой и отдельным входом. В зале только прилавок, за которым полки с рекламой продукции, штабеля пустых ящиков и очередь.

Мать вроде как оклемалась, споро отпускает товар, весело переругиваясь с возбужденными предстоящей выпивкой покупателями. Очередь большая, хотя праздники еще далеко, предусмотрительные граждане начинают затовариваться заранее. Мать бросает на меня быстрый взгляд:

– Не обедал?

– Не, прямо сюда...

– Ладно, эти ящики закончу, устрою перерыв. Отпусти, вон, орлов пока.

В стороне от прилавка и очереди стояли два скучающих парня, демонстративно не реагирующие на косые взгляды и ворчание жаждущей публики. Мать между делом отомкнула задвижку маленькой дверцы под грязной доской, я быстро юркнул за прилавок, прихватил ящик с пустой посудой и потащил его в подсобку, сделав жест головой скучающим орлам.

В подсобке я огляделся, поставил ящик в стойку, снял куртку, нацепил замызганный серый халат, и, поставив рядом с дверью во двор ящик водки, вышел на воздух к клиентам. Таксисты – а они наши главные оптовые покупатели – уже ждали.

– Как учёба, чемпион? Шесть белых!

– Лучше всех! Без сдачи? Сумку давай,

Загрузив сумку и отпустив первого парня, молча поворачиваюсь ко второму.

– «Столицы» совсем нет?

Молча продолжаю смотреть на него.

– Ящик, по три с полтиной, можешь? У свояка – дочкина свадьба завтра. Белой набрали, а со «Столичной» плохо, умолял достать.

– Пойду спрошу, жди здесь.

Иду назад, в углу подсобки две стопки ящиков с дефицитом – коньяк, грузинское красное, дорогие водки. Но надо бы спросить, мало ли что...

Отзываю мать в подсобку:

– По три с полтиной «столицу» отпустить? Ящик.

– Еще чего! Подмени-ка за прилавком, сама разберусь

Вздохнув, выхожу в торговый зал. Если хоть один мент окажется в очереди, потом не оберешься. Пока мать разбиралась во дворе, я успел отпустить человек пять: три красного; водка и два вермута; две водки (с посудой); три красного; водка. Видя, что мать возвращается, крикнул очереди:

– Передайте там, чтоб больше не вставали – технический перерыв!

Пока мать выставляла из магазина и успокаивала разъяренную толпу обиженных пьяниц, я быстро скинул в кассовый ящик свои червонцы и набрал сколько надо мятых трешек и пятерок.

7. Дорога к крёстному

Перекусить отправились в большую подсобку гастронома. Там для продавцов – отдельная комната отдыха с диваном и холодильником. Мать наделала бутербродов, достала из холодильника большую банку виноградного сока. Когда первый голод был утолен, я вспомнил «англичанку» из школы и говорю:

– Ма, а знаешь, англичане-то какими-то своими буквами пишут!

– А ты не знал?!

– Не-а, думал, слова у всех разные, а буквы одни.

– Ну, ты даешь! Что, упаковок иностранных не видал, что ли?

– Вида-ал, но как-то не сопоставил...

– ЭЙ-БИ-СИ-ДИ

И-ЭФ–ДЖИ...

– пропела мать...

– Постой-ка, ты что же, в первый раз на урок попал? Уж первая четверть, поди, кончается!

– Ну да, нехорошо вышло, и училка такая клёвая...

– Вот выпрут из школы, в ремеслухе тебе такую училку покажут!

Отвечаю примирительно:

– Да ладно, не выпрут, я не прогуливаю почти, вчера вон на соревнованиях выступил, мы второе место заняли, директор хвалил. А ты чё, все эти буквы английские знаешь?

– Знаю, конечно, я в школе по языку первая была! Не то, что некоторые...

– Слушай, давай завтра Ксанку заберем, да в зоопарк двинем! Давно не были.

– Тонька на все выходные ее взяла, сказала – завтра вечером только привезет...

– А мы и их с Анжелкой в зоопарк возьмем, а потом к нам, ну давай...

– А деньги откуда, по зоопаркам-то гулять?

Хотел я в ответ спросить про деньги на водяру, но, слава богу, удержался. Весь план был устроить отставку Лёсику и попытаться прервать затянувшийся уже на неделю мамашин запой.

– Ладно, позвоню им. Только дома тогда прибраться надо, поможешь мне здесь, чтоб пораньше слинять?

– Угу, к семи подойду!

И я, быстро дожевав бутерброд, побежал по важным делам.

* * *

Теперь пора было узнать, что происходит на свете. К сожалению, по телевизору и радио про нас в криминальной хронике сообщают мало и без подробностей, поэтому путь мой лежал в воровской клуб, а конкретно, на Киевский вокзал. Вокзалы и автобусные станции — главные рабочие зоны для воров. Карманники, угловики, майданщики, артисты — воры всех мастей честно делят для поживы толпу лохов, оробевших от суеты транспортных узлов, растерявшихся от прибытия в огромный, часто незнакомый город.

Но на самом бану особо не расслабишься, поэтому передохнуть лихие ребята приспособились во дворах по соседству, куда, разумеется, стала подтягиваться и остальная шушера — барыги, биксы, ямщики, да и просто безработные блатари и малолетки. Вот в тенистый двор большого мрачного дома на Дорогомиловке, неподалеку от Киевского вокзала я и направился.

С тихой Плющихи спускаюсь прямо к набережной, по Бородинскому мосту иду через речку с темной осенней водой, потом мимо каких-то мелких привокзальных магазинчиков до Второго Брянского переулка и уже, считай, на месте.

Как обычно, малолетки бились в расшибалочку у глухой стены вдалеке от прохода через двор. На лавочках вокруг дворового столика расположилась публика посолиднее. Я важно кивнул компании у стола и подошел к играющим. Подождал, пока закончат кон, и попросился в игру.

Небольшая тяжелая бита — круглая стальная шайба — у меня всегда в кармане вместе с горстью мелочи... Поставили по рублю, кинули пятаками об стенку — мне вышло «шибить» первому. Расшил три монеты, смазал по четвертой, дождался второго круга, расшил еще гривенник — кон закончился, трешка — моя! Начали второй кон, а разговоры как-то не завязывались — ребята были не свои, двое из Востряково, один, вроде, с Пресни, а четвертого я вообще видел первый раз.

Постепенно языки все же развязались: оказывается, в

Солнцево подломили вчера ларек, но взяли немного, с Пресни бригада поехала на дело куда-то в Куйбышев, в МУРе какой-то майор Приходько пошел на повышение. Словом, скучища. Я помалкивал, только похваливал удачные броски противников. И уже собирался сваливать, когда меня окликнул кто-то у столика.

Подхожу, руки в карманы, жду, когда заговорят. Правильные манеры не позволяют суетиться и спрашивать чего надо, а манеры в этом обществе – чуть ли не самое главное. Жердь, здоровый детина, скокарь, ходящий под Ферзем (моим крестным), хохотнул и произнес:

– А вот и наш Генка-шпингалет. Рекомендую. В любую дырку влезет, даже без мыла.

И заржал как лошадь. Молчу, он пока ведь не очень обидел – ну так, сойдет за дурную шутку. Жердь занервничал:

– Чего молчишь, из дырки не тявкается?

– Да на тебя, убогого, даже вон шавки не тявкают...

Ага, разозлился! Услышал намек на то, как недавно покусал его на деле сторожевой пес. Рискую, но спускать такой наезд нехорошо, можно потерять лицо... Жердь не нашелся, как в тон ответить, а показывать, что злобится на малолетку, ему тоже в лом. В конце концов, он снова захохотал, сполз со стола, подошел, хлопнул по плечу:

– Остряк. Пошли, перетрем.

Мы отошли от общества, он зыркнул глазом, оскалился и сквозь зубы прогундосил тихо:

– За базаром следи.

– Сам следи! Шпингалета нашел... чего звал-то?

– На дело людей подписываю, тебя Ферзь сосватал, в теме?

Вот я влип!

– Нет, не в теме. С Ферзем перетру, тебя найду потом.

Усмехается.

– Не опоздай. Здесь меня найдешь, а к Ферзю давай слётай, он шукал...

– Слётаю. Бывай, ЖердИна.

Рук не пожали, он кивнул и побрел обратно к столу, а я

развернулся и вприпрыжку, как пятиклассник побежал из двора – за этим местом могут присматривать, лучше малявкой прикинуться, чем лишнее внимание. Поскакал сразу к электричкам киевского направления – лучше двинуть прямо сейчас, с Ферзем шутки плохи! Прыгнул в отходящую электричку на Наро-Фоминск и остался стоять в тамбуре – сходить нужно было скоро.

* * *

Ферзь жил в небольшой халупе с оградой в 2-х минутах ходьбы от платформы «Матвеевская». Была ли халупа частью пристанционного поселка или тихонько отвалилась от таинственных железнодорожных служб, окружающих паутину грузовых путей Киевского направления, сказать трудно. Жил он один, но всегда держал кого-нибудь из своих на постое. К ветхой ограде прислонилось несколько старых железных гаражей, в одном из которых прозябал скромный потрепанный «Москвич», на котором Ферзя время от времени отвозили и привозили его часто сменяющиеся квартиранты.

Мало кто знал, что так тихо и скромно живет пахан московских скокарей, держатель общака, медвежатник со стажем, вор в законе Федор Ферзь – по слухам, мой и Ксанкин крестный.

Я покружил по поселку и подошел к халупе со стороны гаражей. В Ферзевом гараже была приоткрыта дверь, из которой выглянул и махнул мне Пахомыч, старый таксист, присматривающий за ферзевским «Москвичом». Я пролез под оградой и медленно пошел к крыльцу, стараясь не делать резких движений. Ферзь уже стоял на крыльце.

– А-а, крестник, ну входи, входи, тепло-то не выпускай!

– Как здоровье, дядя Фесь, давно не виделись.

Называю его так с трех лет, сколько себя помню.

– Помаленьку, помаленьку, вот лепилу новомодного пользую, вроде помогает: и кашель помягче, и спина...

Ферзь, невысокий щуплый подвижный старикашка с мелкими чертами, маленьким курносым красноватым носиком, большими залысинами в пегих с проседью волосах, казался совсем нестрашным милым дедушкой, пока не останавливал на тебе короткого взгляда своих вечно бегающих, темных, всегда чуть прищуренных глаз. И тогда у его собеседника, кто бы он ни был, пробегал между лопатками быстрый холодок.

— Мать как, не завязала?

— Нет, но держится.

— Ну, добро... Я чего сказать-то хотел, ты лепиле-то моему пособи малек. Он парень молодой, неглупый, но то ли на игле сидит, то ли на колесах – недопонял я что-то. Короче «калики» у него кончились, а он без них и сам никакой и мне ингаляции ставить отказывается – гридиентов, мол, не хватает. Хотел закрыть его, и нового поискать, да пришелся он мне как-то. Ты вот ему складец в больничке пособи подломить, там делов-то на минуту.

— Где больничка-то?

— На Пироговке, Сеченовский центр, он там в мертвецкой санитар, все его Мотя кличут: то ли погоняло, то ли фамилия – не разберешь...

Ферзь с досадой махнул рукой.

— Добро, дядя Фесь, найду, разберемся.

— Ты что прискакал-то, надобность до меня? Грев-то, пришел?

— Пришел грев, мы тебе благодарны.

— И чего?

— Жердь меня на дело подписывает, на тебя кажет, а мне в лом к нему отмычкой-то идти! Темы у него гнилые, а ведь как что, меня первого и сдадут – я ж не в бригаде...

— Вот на ходке тебя в закон и коронуем.

Я заскулил в голос:

— Пощади ты меня, дядя Фесь, не могу на ходку! У меня ж третья – пойду по полной. Мать в запой, детей у ней отымут, сестренка в детдом загремит, снасильничают ее там, а ей только де-е-е-сять исполнилось...

И стал размазывать сопли по морде. Но разжалобить Ферзя я не особо надеялся.

– Я тебе хто?! Мама с папой? Грев имеешь – будь в теме, а соскочишь – валяй себе, но назад не просись! Как сгоришь – «апельсином» на зону покатишься! А с Жердем – дело верное, я сам в теме. Я все сказал.

Продолжаю канючить:

– Учиться хочу! Дай хоть год – в скокари выйду, а то и в медвежатники... Что ж мне, до армии в очкарях ходить?

– Ты меня слышал? Ступай. Про скачок не забудь, условились!

Ну вот, семечко закинул, может и прорастет.

8. Выходные

От «Матвеевской» – одна остановка на электричке до «Москва-Сортировочная». Отсюда, из оврага с платформой к крайнему дому на Кутузовском проспекте ведет крутая длинная тропка. Вылезаю по ней, и, обойдя огромный дом, оказываюсь перед Триумфальной аркой на остановке. Здесь прыгаю в 132-ой автобус – и почти до материной точки.

Хорошо, к мамаше успел до семи, помог ей с ящиками – надо было пустую посуду собрать, приготовить к отгрузке, нераспроданное зелье назад в подсобку сложить... Грузчики-то ее давно, поди, гуляют, но мамаша – ни-ни! У нее принцип: пока выручку не сдаст – ни капли!

Наконец магазин закрыли, дверь заперли и – деньги считать. Выгребли, рассортировали, она считает, мне пачки передает, я пересчитываю. Сегодня все как по маслу сходится, мелочи только много накопилось. Деньги – в холщовый мешочек, обратно в стол, а сами – квитанции сверять, сколько чего продано. И опять все сошлось: лишних – рублей пятнадцать, как обычно. Мать понесла деньги в дирекцию. Возвращается и сумку с продуктами тащит уже веселая: видать, успела угоститься по дороге. Собрались мы, и скорее домой, мимо подсобки, мимо забулдыг во дворе, мимо шашлычной – соблазнов всяких...

Болеет мать давно, но из-за нас с сестрой пока еще как-то держится. Держится по месяцу, по полтора, потом срывается в недельный запой, но выходит из него сама. Запои не тяжелые, работу не бросает, но с каждым разом все хуже. Говорить с ней бесполезно, удержать невозможно, удается лишь отвлечь иногда от собутыльничков. А у меня ведь и других проблем выше крыши.

Вот, комнату прибрали немного, мать на кухню отправилась готовить, а я решил побыть паинькой, сел за стол и достал учебники. Меня всегда как-то подмывает поступать наперекор – когда все учатся, я гуляю, а вот в субботу вечером – вдруг раз, и берусь за учебу.

Так, алгебра. Для чего все эти значки, мне, наверное, никогда не понять, но вот правила, как раскрывать скобки с буковками, я вроде бы на последнем уроке уяснил. И мне даже, помню, понравилось... Взял бумагу, переписал пример из задачника. И ну, решать: скобки пораскрывал, длиннющая строчка получилась. Дальше в ней как-то надо отдельные кусочки между плюсиками в похожие кучки собирать... Ага – где хэ, где хэ с двоечкой, а где и вовсе без хэ... В кучках все поскладывал, посокращал – в точности, как на уроке делали... лезу в ответ – похожий, но не такой. Тьфу, пропасть! Чего-то я недопонял, наверное, спрошу в понедельник...

Химия... я до школы этот учебник прочесть пробовал – ну, темный лес, половину слов вообще никогда не слышал. Открываю. На обложке внутри – таблица Менделеева. До чего же здоровая! Неужели столько всяких веществ на свете! Где-то тут и золото, и серебро, а вон мышьяк, сера, вон сурьма какая-то. Ведь чтобы что-то про природу понимать, надо бы хотя бы про главные вещества узнать побольше. Начну-ка прямо по таблице. Водород, гелий – в первой строчке одни воздушные шарики. Литий, бериллий, бор – ничего про них не слышал. Углерод, азот, кислород – этих помню. Углерод – основа жизни, азот – что-то про удобрения, кислород – чем все дышат. А где вода-то? Н-да, опять как-то подхода не хватает. Послушаю в школе получше – я сообразительный, прорвусь.

* * *

Мать из кухни сковороду скворчащую несет, довольная. Когда поели, я английские учебники достал: помоги, мол... Мать смеется:

– Смотри-ка, растешь, уже училками интересуешься!

Как догадалась? Открываем мы учебник, а там – невпротык: не только буквы другие, но и слова из них как-то по-дурацки составляются! Увидишь слово и не знаешь, как прочесть – все запоминать надо. Еле-еле через три урока продрались – это из пятого-то класса! Все, говорю, больше голова не вмещает.

– Ну и хватит, а то отвращение появится, и совсем забросишь!

Чувствую, беспокойство у матери, глаза забегали, щеки порозовели. Если сейчас не устоит, то войдет в пике – и не удержишь.

– Ты мне рубашку зашить обещала, помнишь?

– Да, давай ее сюда, и машинку мне достань, – хватается мать за соломинку.

– Пойду, Никанорыча проведаю пока, – буркнул я, ставя «Зингер» на стол.

Стучу, захожу к соседу – он, вроде, получшал немного. На тумбочке – горстка лекарств, градусник, кружка с чаем – заходил к нему кто-то заботливый. Забелиха, небось, еще надежды не оставила захомутать бравого пенсионера.

– Вижу, на поправку идешь, Глеб Никанорыч?

– Да, полегче вроде, вон трояк твой, на столе, возьми!

– Температуры нет?

– 37 и 5, но это к вечеру.

– Глеб Никанорыч, у вас ханки нет случайно?

– Чего?

– Ну, водки белой, мне немножко надо.

– Не помню, пошуруй в холодильнике...

В углу его морозилки валялась початая четвертинка. Никанорыч явно к спиртному страсти не питал. Наливаю стопку, убираю назад бутылку, благодарю, иду на кухню, беру наше помойное ведро, возвращаюсь к матери. Она уже застрочила разошедшийся шов на моей рубашке и убирает причиндалы для шитья. Ставлю стопку на край стола, ведро – рядом на пол, отхожу к стене и стою, молчу. Мать застыла у шкафа, не спуская глаз с принесенной дозы. Потом, как во сне, медленными шагами подошла к столу, глубоко вдохнула через нос – ноздри ее задрожали, глаза закрылись. Сделала еще два глубоких вдоха, потом взяла стопку, подержала в согнутой руке и... медленно вылила водку в помойное ведро. Я с шумом перевел дыхание. Мама убежала в свой закуток, бросилась лицом в подушку и громко, навзрыд заплакала...

Сижу у нее на кровати, глажу вздрагивающую худую спину, бормочу что-то утешительное:

– Ну, всё, ну, всё, видишь, как хорошо... Ну, не надо – глаза покраснеют.

– Ну что, что хорошего?!

– Тебя только что ангел поцеловал, должна гордиться собой!

– Какой ангел? С чего ты взял?

– Ты когда плакала в последний раз?

– Не помню, я вообще редко плачу!

– Ну вот, это ангел поцеловал, чтобы легче стало...

– Да что ты выдумал такое?

– Ну не знаю. Я слышал, у каждого есть такой ангел-хранитель. Он, правда, ни от чего не охраняет, все же грешат как свиньи. Но он радуется, когда правильно поступишь, или удержишься от глупости какой.

– И что, он тебя тоже целует?

– Да-а, но редко, а вот Ксанку, похоже, каждый вечер – она спит всегда такая довольная!

– Ой, надо бы ей чего-нибудь завтра подарить, что ли.

Вот так славно закончился этот субботний вечерок. Всегда бы так...

И наутро все получилось неплохо – приехала тётка с Ксанкой и Анжелкой, всей толпой покатили в зоопарк, жевали мороженое, проехались на тележке с пони, обошли всех хищников, сестрички перегладили всех барашков и козлят на площадке молодняка, проголодались, собрались к тёте Тоне обедать, но тут я распрощался и слинял по делам. Поручение от крестного – не шутка!

9. Мотя

Прямо от зоопарка к Пироговке ходил автобус номер 64, но его хрен дождешься, особенно в воскресенье. Поэтому я пешком поднялся от зоопарка по громыхающей на булыжниках транспортом Баррикадной улице, мимо высотки, на Садовое кольцо, сел на «Букашку» – троллейбус «Б» – до Зубовской площади. Там пересел на 15-ый троллейбус и приехал к старой кирпичной стене Новодевичьего монастыря. Оттуда вернулся немного назад по Пироговке к старинной больнице за оградой.

Морг больнички располагался далеко на задворках в приземистом двухэтажном доме из некрашеного кирпича. Я сразу же направился к курящей группке в белых халатах, расположившейся на лавочке неподалеку.

– Где Мотю найти?

Один из парней кивнул на широкую двустворчатую дверь, выкрашенную зеленой масляной краской.

– Из зала – дверь направо, по коридору, там найдешь.

Захожу. Мрачноватая большая пустая комната, низкая каталка на надувных колесах посередине, дверь налево, дверь направо. Моя – направо, за ней – длинный коридор с рядом дверей по левой стене. Дергаю ручки, первая заперта, вторая заперта, третья открылась. Слабый противный больничный запах, присутствовавший еще в зале, резко усилился. Посреди кабинетика на низкой каталке лежало тело, покрытое простыней. Не покрыта была только лысая голова, нацелившаяся задранным носом в потолок. Справа, в изголовье раскиданы разные тюбики и пузырьки. В левом углу, скрестив руки на затылке, вытянувшись, неподвижно стоял парень. Вверх ногами. Сползающие вниз штанины обнажали волосатые лодыжки. Ниже – заправленная под ремень, грязноватая майкой с чьим-то портретом, шумно дышащий нос и закрытые глаза.

– Чего надо? –

отреагировали лодыжки на открывшуюся дверь.

– Мотю ищу.

– Подожди пару минут.

Глаза снова закрылись, и нос задышал с новой силой.

Я усмехнулся, скинул куртку и бросил на каталку, повернулся к фигуре задом, присел в партер и аккуратненько встал в стандартную гимнастическую стойку на голове – ладони на полу перед собой, руки согнуты в упоре, шея прямая, корпус и ноги вытянуты. И тоже дышу. Так и стоим – лицом к лицу. Наконец, он открывает глаза, брови его ползут вниз. Ничего не сказав, он, согнувшись в поясе, опускает ноги на пол и медленно встает. Я следую его примеру, потом поворачиваюсь к нему лицом и жду.

– Ты кто?

– Ты – Мотя?

Кивает.

– Я – Гена. От Ферзя.

– Жмуриков не боишься?

Пожимаю плечами:

– Живых надо бояться...

Беседа как-то исчерпала себя. Мотя пригладил длинные волосы, надел странноватые очки – большие, круглые, в светлой металлической оправе, и сразу стал похож на мужика со своей майки.

– Это ты, что ль? – кивнул я на майку.

– Это Леннон! Ты чё, Битлов не знаешь?

Опять пожимаю плечами:

– У тебя своя кодла, у меня – своя... Ладно, давай к делу. Я слушаю.

Он засуетился немного, глаза забегали,

– Пойдем-ка, подышим лучше.

Вышли на воздух, гуляем возле корпуса:

– Тут расклад такой. Я и тут, и в хирургии немного подрабатываю, ну и таскаю там понемногу, больше растворы для инъекций – седативы, в основном, анестетики, легкие опиоиды… Вот и заметили недавно, стали следить, замок поставили, теперь все шкафчики, да и кладовка сама на запоре, а мне позарез надо!

– Подсел, что ли?

Махнул рукой.

– Да нет, это я Ферзю твоему наплел, достал он меня.

Я выпучил глаза:

– Ты? Наплел? …Ферзю?!

– Ну, да… не рассказывать же ему, что пациентам для ингаляций надо.

– Ладно, больше не говори мне ничего. И Ферзю лучше ничего не… э-э-э наплетай.

– Что он меня, съест?

Пожимаю плечами в третий раз, усмехаюсь:

– На четвертой ходке он сдернул с зоны – уходили они вчетвером. Три недели в тайге… а вышли трое и не похудели даже… так что не знаю – разное говорят… К точке проведешь?

Он побледнел слегка, но кивнул:

– Пошли, корпус вон там…

– Знаешь, дай-ка я за арматурой слетаю на всякий случай, двадцать минут всего, лады?

– Лады, меня там же найдешь, около жмурика.

Он вернулся в морг, а я направился к своему рабочему углу – за арматурой.

Угол я пригрел себе в большом запертом подвале дома недалеко от школы. Там Красный уголок, домоуправление, котельная и прочая хозяйственная мутота. Как-то я срисовал запасные ключи домоуправа и теперь хожу сюда: ночью – в дверь, днем – через подвальное окошко. В комнатке за сценой красного уголка я устроил себе отличную нычку – в широкой зарешеченной трубе неработающей вентиляции. У вора – немного инструмента, но без него никак… Достаю небольшой военный рюкзачок с лямками, роюсь: ветошь, завернутый в тряпку «слесарик» – отвертки, шило, ножнички, напильнички... Еще фомка, топорик, коробка с мелким металлом (гвоздики там, шайбочки, крючочки всякие – ветошью проложены, чтобы не гремели), метров пятнадцать парашютного шнура, новенькие карабины, недавно освоенная докторская трубка, часы на ремешке, балеринки на колечке, газовая зажигалка, толстенькие свечи, фонарик (не люблю я его), болоньевая куртка с капюшоном. Всё собиралось долго и доставалось нелегко. Потому и не держу дома. Кто зачалит – сразу все поймет, говна не оберешься, и потом все заново собирай. Ну, сегодня «акробатить» мне не придется, сейфов тоже, надо думать, не будет. Возьму отмычки, да отвертки. Подумал, и еще прихватил рюкзачок – мало ли, может, и сам поживлюсь чем-нибудь. Теперь назад, в Пироговку!

* * *

В главном – хирургическом – корпусе Мотя оставил меня внизу, около пустой раздевалки.

– Жди здесь...

И появился через пять минут с инвалидной коляской.

– Я халат искал, но твоего размера не попалось, да и вообще за медперсонал ты не сойдешь – по возрасту. Так что уж побудь больным. На вот, пижаму надень. Ну, садись, поехали.

Я скинул куртку и ботинки, натянул пижаму прямо на рубашку и штаны, уселся в коляску, и он покатил меня к лифту.

На этаже всё было как-то тухло. Несколько коек с больными в коридоре, сестры, врачи, нянечка с ведром и тряпкой, очередь в процедурный кабинет, полная ходячих больных курилка на лестнице, словом, жизнь кипела. Я, привыкший к «работе» в уединении, как-то приуныл, однако Мотя лихо катил меня по бесконечному петляющему коридору, здороваясь или просто кивая врачам и сестрам.

Наконец, административный закуток. Тишина, три кабинета и по несколько стульев для очереди к каждому, как в поликлинике. К первому кабинету – никого. (Читаю –

СТАРШАЯ МЕДСЕСТРА). К следующему – двое: старичок с палочкой и крупный мужик в пижаме с цветочками... (На двери – ЗАВЕДУЮЩИЙ ОТДЕЛЕНИЕМ ОБЩЕЙ ХИРУРГИИ, засл. врач РСФСР, д.м.н. ВОРОНЦОВ А.Б.). Третья дверь – без таблички и вокруг нее никого. Мотя останавливается перед ней, достает из кармана связку ключей, отпирает, и завозит меня внутрь. Это туалет! Видимо, для медперсонала, что Мотя шепотом и подтверждает.

– Ну вот, ты все видел...

– Где же твои калики-то лежат?

– В процедурной – там шкаф стеклянный, и у старшей в кабинете – там кладовка.

– Она сама-то здесь?

– В воскресение? Не думаю...

Думаю, время есть и риска никакого – попытаем счастья...

– Поставишь меня в коляске рядом с дверью медсестры, постучишь к ней, если вдруг отзовется, зайди и спроси что-нибудь, а потом сваливаем. Если тихо, займи мне очередь к заведующему и уходи. Вернешься за мной минут через двадцать.

Кивнул. Мы немного подождали и выбрались из туалета. На стук из кабинета медсестры никто не отозвался, Мотя подергал дверь – заперта.

– Она во втором корпусе, у нее две операции сегодня, – охотно прокомментировал разговорчивый старичок.

– А зав у себя? – осведомился Мотя.

– К четырем освободиться должен. Может, подойдет....

– Ну, вот он за вами будет. Посиди, я сейчас – это он мне.

Угукаю в ответ, Мотя уходит. Я сижу, голову склонил, не шевелюсь.

Посидели в молчании минут пять, мужик, наконец, встал, махнул рукой и побрел к палатам. Старичок поерзал-поерзал и тоже встал, заковылял вслед и обратился ко мне:

– Если кто будет занимать, скажите – я перед вами. Мне в процедурный надо.

Опять угукаю в ответ. Уковылял. Все тихо.

10. «Медицинский» скок

Лезу за «балеринками», встаю вплотную к двери, берусь за старую в потрескавшейся белой краске дверную ручку. Ага, дверь на ключ не заперта, язычок только спущен. Замок-то, еще довоенный, наверное. Расшатываю дверь туда-сюда – щель широкая, сую в щель загнутую проволочку, зацепляю язычок – срывается – зацепляю еще – дверь чуть от себя, – стронулся! Открываю дверь нараспашку, смотрю в коридор – никого – коляску вкатить? Вкачу, целей будет – вкатываю – захлопываю за собой дверь – перевожу дух.

В углу у окна – на большом белом столе какой-то работающий агрегат: круглая камера светится красным изнутри, закрыта стеклянной дверцей. Рядом с ней – маленькая металлическая каталка. Поднос-то какой блестящий! Похоже, для инструментов... Подхожу. В камере – вся хирургия разложена, тоже блестит, наверное, прокаливается для дезинфекции. Открываю дверцу – изнутри пахнуло жаром, но свет в камере погас. Ладно, это потом.

Письменный стол с лампой, на поверхности – кроме бумаг, ничего. Лезу в ящик, опа! Куча ключей и все с бирками на колечках! Просматриваю, вот «ПРОЦ», на кольце – стандартный дверной ключ и два маленьких английских. Одинаковых! Да это же всё запаски! Снимаю с кольца маленький английский ключик, прячу в карман. Все, что выгреб, высыпаю назад в ящик. Программа-минимум выполнена.

А что там в кладовке? Темная комнатка завалена добром! Сплошные упаковки – ящики, коробки. Вот несколько вскрытых картонок. Лезу в первую – какие-то пластиковые мешочки с резинками – на голову что ли шапочки? Вспоминаю какое-то кино про врачей... Бахилы – это для операционной! Достаю штук двадцать, откладываю себе. В другом ящике зеленые мешки из клеенки, беру с десяток – жадность обуяла... А здесь что? В ящике масса картонных ко-

робочек поменьше. Открываю одну – хирургические резиновые перчатки! 20 Штук! Мечта! Разбираться в размерах некогда, откладываю аж три коробки... Так, пузырьки, хозяйственное мыло, салфетки – все побоку. Вот целый ящик белых халатов – мне некстати, но... беру один, расстилаю на полу, складываю на него аккуратно все награбленное. Не забыть про хирургию! Беру клеенчатый мешочек, иду к печке. Инструменты уже остыли. Набираю: три разных скальпеля, пару зажимов, стальную пилку, пару каких-то крючков как у зубного – не знаю, зачем они мне, но пригодятся. Стоп, хватит, не унесу! Завязываю все богатства в узелок из халата, перетягиваю рукавами. Готово. Так, а с лекарствами-то как? Возвращаюсь в кладовку – ящики, ящики, все маркированные, но ни одного понятного слова. Чего брать-то? Ну их к черту, пусть Мотя сам процедурную бомбит, ему же не на один раз. Выхожу, закрываю кладовую, замечаю у двери халат на гвозде. Ощупываю – в кармане большая связка ключей! Так и есть – вот она, основная – а в столе только запасные. Нахожу на связке маленький ключик, сравниваю с притыренным – один в один, порядок! Кладу связку назад в карман висящего халата. Все, пора. Смотрю на улицу. Уже смеркается, окно выходит в пустой внутренний двор полуколодцем.
А что, если?.. И выйду чистеньким, если что! А подберет кто – невелика потеря. Рискну! Забираюсь на подоконник, открываю форточку, выпихиваю узел на улицу, запираю форточку. Теперь, быстрее во двор!
В кабинете – относительный порядок, хотя видно, что кто-то там был. Ладно, не до марафета... Сажусь в коляску, еду к двери, выезжаю. В коридоре пусто! Все-таки, фартовый я парень! Захлопываю дверь, язычок щелкает – все, как было. Что теперь: ждать Мотю или делать ноги – в моем случае – колеса? Ждать в лом, внизу же под окнами такие богатства валяются! Кручу руками колеса, коляска медленно едет по коридору. В районе палат вижу Мотю

– стоит, треплется с миленькой медсестренкой. Взглянул удивленно, но ума хватило не заговорить. Я прокатываюсь мимо, прямо к лифту. Кнопка вызова торчит высоковато, еле дотянулся из сидячего положения. Когда лифт подошел, подвалил и Мотя. Пока спускаемся, я сдираю с себя пижаму, коляску оставляем в лифте. Обуваюсь, подхватываю куртку и рюкзак – мы оставили их в пустой раздевалке – и на улицу.

– Что, облом?

– Ну почему же, пробежимся вокруг?

Припускаю вправо, вдоль грязной стены старинного больничного корпуса. Небольшой парк, скамеечки, заворачиваю направо, еще раз направо, вот и полуколодец. А вот и узелок валяется! Беру, стряхиваю грязь, запихиваю в ранец.

– А лекарства?

Достаю ключик, вручаю Моте.

– ...от шкафа в процедурной. Это запасной, его хватятся не скоро. Если борзеть не будешь. Сам промылишься?

Мотя удовлетворенно хмыкает, пряча ключик в карман.

– Как-нибудь! У нас процедурная – как проходная. Обычно, они ключ друг другу в ординаторской оставляют. Вот со шкафом там строго.

– Боялся я ключ от процедурной тырить – один всего в запасе.

– Да нормально всё! Пошли ко мне?

* * *

Сидим в Мотиной комнатушке. Жмурика он куда-то отвез, стало уютнее. Я достал из ранца и переупаковываю свою добычу. Мотя снял ботинки, уселся на пустую каталку, скрестив ноги по-йоговски, и лениво наблюдает за мной:

– На кой тебе весь этот мусор?

– Вот, в хирурги думаю податься.

(Вот уж не гадал, что эта невинная шутка окажется почти роковой...)

– Я серьезно!

– Ну, бахилы – чтоб ноги не вытирать, для того они и сделаны. Перчатки – от пальчиков на предметах. Я ведь, как бы, сделан богом специально, чтобы легко попадать в любые помещения. Значит, нужно что? Не оставить следов, и тогда все в ажуре. А железо это, оно выпущено для медицины – поэтому, лучшее в стране. И как арматура, то есть воровской инструмент, не выглядит...

Помолчали.

– А Мотя – это имя твое иль погоняло, ну, прозвище?

– Фамилия. Андрей Суренович Мотян я. Все и зовут «Мотя», мне нравится... Ты на голову-то встал, когда пришел – тоже йогой занимаешься?

– Гимнастикой. Первый разряд у меня, это, скоро будет! Слушай, ты пузырьков-то своих сегодня набери, да к Ферзю поскорей, чтоб не серчал...

– Сделаю. После отбоя туда слазаю – потом домой, эликсиры мешать, а к утру по клиентам отправлюсь. Я скажу ему, как ты помог.

– Если спросит только... Так ты доктор иль санитар?

– Я на вечерке, в Первом Меде, на втором курсе только. А здесь халтурю. В мертвецкой хорошо – и анатомия – изучай, сколько хочешь, и халтура. Чтоб покойника помыть-одеть-прибрать знаешь, сколько родственники отстёгивают?

– А врачуешь-ходишь, не боишься?

Мотя помотал головой:

– Так я ж не лечу, так, знахарствую. У меня наставник был, кореец. Меня массажу обучил, ну и понемногу примочкам разным, иголочкам. Сам он тогда меня от туберкулеза спас ингаляциями – над лекарственным паром дышать заставлял. А потом учил, как эликсиры эти, что в пар добавляются, составлять. Это как гомеопатия – дозы мизерные, за клиента не страшно. А ты вот, как на дело идешь, не боишься?

– Страшно конечно бывает. Но от неожиданностей только. Вор – он как солдат. Слышал ведь, хорошему солдату в бою не страшно. Он как бы знает, что в первом бою должен был быть убит. А то, что живет еще – так это подарок судьбы! Так и вор. Это ведь не только менты, это каждый из нас знает: вор должен сидеть в тюрьме, и то, что я хожу на свободе, так это счастье, просто так свалившееся. Ну, а возьмут – так и повезло же, что не раньше...

– Не сладко тебе.

– Продержимся! Ну ладно, побреду я потихоньку. Я к тебе еще загляну, ладно? Живу тут в двух шагах. И школа тоже рядом.

– Заглядывай – на голове постоим!

11. Общий знаменатель

Следующий день прошел у меня спокойно, разве что разговор с нашим математиком в школе меня немного развеселил. Из всех учителей, он, пожалуй, самый симпатичный, только большой формалист, но математики такими и должны быть. Я показал ему после урока субботний листочек с примером и спросил, что не так. Он стал проверять, посмотрел на меня с удивлением и сказал, что все, в общем-то, верно, и я просто не довел ответ до какой-то стандартной формы.

– Да, многовато у вас таинственных формул в этой алгебре, – проворчал я.

– Таинственного как раз в алгебре немного...

– Ну да! Один общий знаменатель чего стоит – какой-то, прямо, танец с бубнами!

– Вы и впрямь так думаете? –

изумился Владимир Евсеевич, посмотрев на меня поверх очков.

– Вот уж ничего проще и логичнее приведения к общему знаменателю не представляю. Надо просто логику увидеть и все сразу прояснится. Хотите, покажу?

– Попробуйте.

– Что такое дроби, помните?

И написал на доске 2/5 и 3/4,

– Да, это про дольки яблока – если есть нецелое яблоко, то дробь говорит нам, какая часть от целого осталась.

– Совершенно верно!

И он быстро нарисовал около первой дроби две дольки, под ними еще пять и не поленился изобразить так же вторую дробь, но дольками побольше.

– А теперь попробуйте их сложить.

– Чего же проще-то?

Я взял мелок и обвел объединяющими кружками верхние ряды долек.

– Стоп-стоп-стоп! Дольки-то разные!

– Ну и что?

– А-а-а, вот, мы вплотную подошли к пониманию величайшей математической абстракции! Сколько будет, если сложить два яблока и три апельсина?

– Ну, пять

– Пять чего?!

– Скажем, фруктов пять, или круглых предметов...

– Но не яблок и не апельсинов, так? Мы не может их складывать, пока не нашли в них чего-то общего, и не отрешились от свойств их различающих! В этом суть арифметической абстракции – складывать можно только одинаковые сущности – просто такова природа операции сложения, да и других операций тоже, понимаете?

– Да, чего тут не понять... а как же с дробями-то?

Учитель взглянул на меня с хитрецой:

– Ну, с дробями теперь все проще – давай все дольки в первой дроби разрежем пополам.

Он провел черточки посередине каждой дольки.

– Сколько тут и там будет полудолек?

– 4 и 10, то есть получается другая дробь – 4/10

– Но поскольку мы ситуацию никак не изменили, очевидно, что и дробь не изменилась, правда?

– Конечно. Мы и резали-то их мысленно.

– Вот такое полезнейшее свойство дроби – представление ее в виде двух кучек сущностей, которые можно резать на одинаковые части (только резать везде – и сверху, и снизу!), позволяет нам две разные дроби в некотором смысле унифицировать! Эта унификация и есть приведение к общему знаменателю – и никакого шаманства, между прочим!

Произнося все это, учитель разделил каждую из долек

первой дроби крестами на четыре части, а во второй веером линий на пять и подписал к первой дроби 16/20, а ко второй – 15/20.

– Вы поняли, чего мы достигли? Обе дроби теперь состоят из совершенно одинаковых сущностей! А теперь сообразите сами как их сложить.

– Я не дурак, уже понял, что теперь нужно сложить верхние кучки, а нижнюю – оставить как есть, но как обосновать такое действие еще не врубаюсь...

– Вот есть о чем подумать! У вас хорошая голова, Геннадий. Если вы уделите внимание математике, то наверняка достигнете успехов! Хотите, дам задачки порешать?

И он, кряхтя, полез в ящик своего учительского стола. Я замахал руками:

– Спасибо, Владимир Евсеич, мне бы четверть эту кончить... Я потом к вам за задачками сам подойду. И пожалуйста, обращайтесь ко мне на ты.

– Ну, смотри. А поставлю-ка я тебе четверку за твой домашний пример. Контрольная в следующий раз, не забудь!

Тут зазвенел звонок на последний урок, и мы с учителем разбежались по разным классам.

* * *

Последний урок сегодня – литература. К нему, по-моему, никто серьезно не относится. Училка у нас какая-то не в себе, не задает почти ничего, толком никого не спрашивает, только и знает – про книжки всякие рассказывать. Зачем их писали, что да кого имели в виду, как будто в книжках этих – сплошные загадки. Впрочем, не мне судить, книжек я этих не читал – мне их не выдали, дали только учебник и эту, как ее, хрестоматию, а в ней только куски какие-то понадерганы.

Вот и сегодня – «Путешествие из Петербурга в Москву»... Кого-то там этот Радищев ругал, кого-то – хвалил, наверное, но книжки этой, похоже, никто в глаза не видел, даже учительница. Даже на первых партах парни откровенно дремали, а девицы перебрасывались записочками. Наконец, все это надоело и самой училке...

– Я понимаю, ребята, что тема эта не из увлекательных, но знать вы ее должны, она входит в экзаменационные билеты восьмого класса. Ну, ладно, сами прочитаете в учебнике, а сейчас давайте займемся чем-нибудь интересным. Давайте каждый, кто успеет, прочитает нам свое любимое стихотворение. Кто начнет? Костя, давай!

Ее любимчик, томный блондин Константин Плужный, встал, почесал в затылке и спросил:

– А Маяковского можно?

– Если не про паспорт, то можно! –

крикнул кто-то из левого ряда. Плужный откашлялся, встал в позу и начал:

> *Я сразу смазал карту будня,*
> *плеснувши краску из стакана;*
> *я показал на блюде студня*
> *косые скулы океана.*
> *На чешуе жестяной рыбы*
> *прочел я зовы новых губ.*
> *А вы*
> *ноктюрн сыграть*
> *могли бы*
> *на флейте водосточных труб?*

Все немного притихли, обалдевши. Вера Михайловна смущенно пробормотала:

– Рановато для вас еще... Хорошо, Костик, садись.

Тут я громко спрашиваю:

– Э-э-э, а что такое ноктюрн?

Костя смутился:

– Ну, музыка такая

– Какая?

– Не знаю, громкая, наверно.

– А о чем тогда стихи?

Вступилась Вера Михайловна:

– Костя, не совсем так, ноктюрн – в переводе с французского –

«ночной». Это, как правило, тихая певучая грустная пьеса. У Шопена их много.

Я говорю:

– А, ну тогда понятно! Неплохое стихотворение, выпендрежное только.

Учительница:

– Интересно, а что ты понял?

– Ну, что крутой он парень – в одно касание будни в праздник превращает, в заливном своем целый океан разглядел и грустную музыку может слабать на очень неподходящем инструменте.

Все засмеялись, а Вера Михайловна сказала:

– А ты во многом прав, Болотин. Вот и повод тебе отметку поставить, а то молчал всю четверть.

Плужный:

– Пусть сам стих прочтет, а то здоров других подставлять!

Вера Михайловна:

– Прочтешь?

Я:

– Нет, не знаю я ни одного... я их и не читал никогда.

– Ну ладно, в другой раз. Ребята, всем вспомнить и приготовиться прочитать стихотворение, которое вам нравится. На следующем уроке продолжим.

Вот так мною был сделан первый шаг в омут русской поэзии.

* * *

А после уроков, наконец-то, я нашел время поговорить с директором школы. Тем более, что он меня ждал в вести-бюле у входа в свой кабинет. Пообедав, я уже шел забирать Ксанку с продленки, чтобы чапать домой, но увильнуть от директора – увы – не представилось возможным.

– Зайди!

В кабинете я встал навытяжку перед массивным директорским столом.

– На тебя жалуются почти все учителя! Ты прогуливал или ничего не делал на уроках почти всю четверть. Ты просто не аттестован по половине предметов. По остальным – одни тройки! Классный руководитель сказала, что с ребятами из класса ты не общаешься, общественной работы не ведешь. Маргарита Семеновна как завуч настаивает на твоем исключении. А тут еще пришло распоряжение из РОНО об улучшении дисциплины... Что мне с тобой делать?

Я пожал плечами:

– Исключайте, пойду в ремеслуху.

– Тебе что, все равно?!

– Нет, мне не все равно. После моего исключения комиссия по делам несовершеннолетних лишит мою мать родительских прав, и мы с сестрой загремим в детдом, где ее, поверьте, начнут очень сильно обижать. Поэтому я и хожу в вашу дурацкую школу, очень стараюсь не прогуливать, и даже вот защищал ее честь на спортивном соревновании. Но, наверное, этого мало.

Директор помолчал, зачем-то передвинул папки на столе, поморщился и спросил:

– Но с учебой-то что будем делать?

– Послушайте, Валерий Анатольич! Последние два года я, считайте, в школу не ходил: пятый класс весь прогулял, а шестой просидел в колонии. Знаете, какая там школа? Догадываетесь, наверное. Я не могу за одну четверть нагнать два года, ну никак не могу. Я стараюсь – вон, полистайте классный журнал. Валерий Анатольич, потерпите меня, пожалуйста, еще четверть! Не получится – уйду без обид, сам буду виноват.

Барабанит пальцами по столу.

–Тут участковый заходил, расспрашивал. Говорил, ты в дурной компании ходишь, что скоро попадешься на чем-нибудь и сядешь, и нас, мол, по головке не погладят. Это так? Что скажешь?

– Вы и вправду хотите что-то про это услышать?

– Да, мне нужна полная, так сказать, картина.

– Хорошо. Я попал в колонию за квартирную кражу. Мой отец отбывает долгий срок за разбой. Мать работает продавщицей в винно-водочном за 130 рублей, половину которых пропивает. Я вынужден жить по определенным понятиям, иначе помощь семье из воровского общака прекратится, а меня при первом удобном случае подставят на третий срок. Я выкручиваюсь, как могу. Больше мне вам сказать нечего.

Он долго смотрит мне в глаза, потом вздыхает и говорит.

-Ты уже совсем взрослый парень, Болотин, читать тебе нотации бесполезно. И я вижу, ты пробуешь выкарабкаться. Но школа есть школа, и мы тоже живем по своим понятиям... Хорошо. У тебя время – до Нового Года. Один прогул, одна двойка, одно нарушение – и мы прощаемся. Договорились?

– Нет еще, не договорились! Ваши требования слишком жесткие – я не потяну, мне нужна помощь. И потом: учителю, который меня не любит, ничего не стоит завалить меня на двойку или подначить на дерзость. Я прошу, чтобы если что, то вы лично разобрались бы и по-честному. Вам я верю, Валерий Анатольич. Если мой косяк – да, я ухожу.

Директор вздохнул и кивнул головой:

– У нас педсовет завтра, я подниму вопрос, учителя должны пойти тебе навстречу.

– Спасибо вам, я пойду, ладно?

Ну вот, ниточка не оборвалась пока, еще поболтаемся, повисим!

12. Соседка по парте

Вторник прошел спокойно. На секции Григорич припахал меня разучивать зональную программу на кольцах. Мать пока держалась. Заучив заданный параграф из учебника, я неожиданно ответил на четыре по истории. Мой английский дома продвинулся еще на четыре урока из учебника пятого класса.

А в среду для меня открылся неожиданный колодец знаний! На уроках мне было предписано сидеть с Иркой Дороховой. Тихая бледная неуклюжая отличница, не задавака – мы могли бы подружиться, а то и покадриться, если бы она не была выше меня ростом, почти на голову. Вынужденная делить со мной парту и терпеть мое бездельное присутствие, она поначалу пробовала выказывать мне холодное презрение, но отсутствие реакции с моей стороны, в конце концов, примирило ее с положением дел, и мы долго сохраняли строгий нейтралитет.

Ирка постоянно что-то читала – на всех переменках, в буфете и даже иногда украдкой на уроках. Книги глотались со страшной быстротой и менялись «как перчатки». И вот – на переменке это было – я возьми да и спроси, откуда они у нее берутся.

– У нас много дома, –

ответила она застеснявшись.

Я попробовал подкатиться:

– Везет, а у нас всего пять и все – Ксанкины, детские.

– Так бери в библиотеке!

Я усмехнулся:

– Скажи еще в Мавзолее... так меня туда, к Ленину, и пустили!

– Ну, зачем обязательно в библиотеку Ленина?

– А что, есть другие, что ли?

– А ты не знал?! Прямо Маугли какой-то, честное слово! –

фыркнула соседка-по-парте.

– Да скажи толком – что это за библиотеки такие?

– Библиотека – это где книги хранятся, общественное место. В каждом районе две-три. А еще ведомственные, специализированные, в Москве, наверное, сотни две разных библиотек!

– И всем оттуда книжки можно брать?

– Ну да, абонемент называется, а еще для редких книг есть читальные залы, чтобы там читать.

Я все не верил:

– И всех-всех туда пускают?

– В публичную – всех. Взрослые паспорт показывают, чтобы записаться, а нам нужна только справка из школы. Сходи, тебе понравится. Вон, Добролюбовка – на Смоленской, прямо рядом с туннелем.

– Хм, схожу, пожалуй!

* * *

Уходя из школы, заскочил к медсестре поклянчить аскорбинки, она помогает, когда голова от уроков пухнет.

– Поли-Ванна, а где тут в школе справки дают?

– Справки? По здоровью – я, а общие – у Томки, ну, Тамары Петровны, секретаря. Тебе зачем?

– В библиотеку мне надо...

– У Томки. Пойдем, помогу!

И, сунув мне целую пачку «Витамина Цэ» и плитку гематогена, медсестра потащила меня в приемную директора.

– Томка, справку для библиотеки, вон, читателю сделай!

– Чего в начале года-то не брал? Тебе в какую?

– Да напиши ему просто в районную, а он сам выберет потом.

Даже вооруженный солидной ксивой с печатью, я еще не очень верил, что есть в Москве такие странные места, где всем за просто так дают почитать любые книжки. Мир, в котором мне теперь предстояло жить, открывался совсем другими гранями.

* * *

Плюнув на халявный обед и не оставшись на продленку, я ушел из школы раньше, чем обычно и поэтому, наверное, нарвался на шакалов.

Я заметил их почти сразу, промышлявших в нашем школьном переулке. Два здоровых парня приблатненного вида о чем-то тихо беседовали с пятиклашкой, загородив ему дорогу на тротуаре. Мальчишка пробовал прошмыгнуть между вымогателями, но один взял его за шиворот и несильно смазал ладонью по щеке. И сразу оглянулся вокруг – нет ли вокруг ненужных заступников. Второй уже нагнулся и шарил в кармане пятиклашкиных штанов. Выгреб то, что искал, поправил ранец на плечах жертвы, отступил с дороги и легонько подтолкнул парнишку: иди, мол, дальше своей дорогой. А первый уже подваливал ко мне.

Я на вид вполне гожусь им в добычу – маленького роста, мальчишеские манеры, лыжная шапочка, ранец за плечами. Поэтому, избежать гоп-стопа я не надеялся. «Отболтаться» от них тоже не светило – парни были неместные. И вот вечный вопрос – принять бой или просто убежать.

Вообще-то, блатные шакалов презирали и не боялись. Эти ленивые тупые уроды наезжали только на слабых, а при любом отпоре злобно, но отступали. Побираясь по мелочи, они вынуждены были часами ошиваться у кинотеатров и школ, а потому выживали недолго. В большом городе их легко вязали мусора, в пригородах же они сами быстро наглели и вырастали в полноценных гопников. Но презрение презрением, а с этими надо было что-то делать...

Драться мне очень не светило. В двух шагах от школы, практически пустыми руками, да еще с дурацким ранцем на плечах. Бугаи здоровые, лет по 17 – без потерь не уйти. А бежать как-то странно, я никогда так не делал. Да и куда? Дорога перекрыта, сзади – школа и тупик. Уловив мои колебания, первый приободрился:

– Эй, закурить есть?

Ну, всё, стандартная прицепка. Еще две реплики и драка... Куда я лезу? Я в школе до первого прокола. Бежать! В кармане куртки у меня, я помню, двадцать копеек. Лезу в карман, будто бы за сигаретами, достаю монету, швыряю в сторону. Внимание второго на момент переключилось на вожделенный звон, я бью что есть силы подошедшего вплотную первого кулаком под дых и несусь со всех ног мимо него по переулку. Сзади злобная ругань и топот вслед... Выше колени! Главное, чтобы не догнал сразу, за первые 15 секунд, потом тренированный спортсмен уж точно уйдет от прокуренного, никогда не бегавшего ублюдка. 8 секунд, топот не стихает, ну и злобный же, гад – держится только на жажде измочалить! 12 секунд – все, бобик сдох, остановился. Я бегу дальше, вдруг чувствую сильный удар в спину – сбиваюсь с бега, чуть не падаю, мимо свистит еще булыжник. Хорошо, ранец спас! Ребята-то опаснее, чем казались! Выворачиваю на Плющиху, здесь уже народ, всё, я от них ушел. Перехожу на шаг, а вот уже и мой переулок, скорей домой!

Но меня не оставляет чувство, что это еще один звоночек новому Гене от старых знакомых.

13. Храм знаний

Итак, я вступаю в храм культуры на Смоленской площади. Маленький предбанник с раздевалкой, как у нас в школе. Окошечко – как в регистратуре поликлиники, старая грымза в очках, как будто оттуда же, справа – вход в зал с зелеными настольными лампами на просторных столах. И много-много шкафчиков с выдвижными ящиками. Я заглянул в «регистратуру» и обмер – за спиной грымзы теснились грубые добротные деревянные полки с полу до потолка, набитые книгами... Их там было, наверное, тысячи!

– Слушаю вас, молодой человек!

Грымза сурово уставилась на меня поверх очков.

– Мне бы записаться.

Бормоча что-то себе под нос, грымза порылась под стойкой, достала какие-то бланки и картонки и придвинула все ко мне.

– Заполняйте анкету и формуляр разборчиво и без помарок, и вот временный читательский билет, тоже заполняйте. Вам ручку? В библиотеку надо ходить со своей ручкой, молодой человек, держите.Справку принесли? Остается у нас, имейте в виду!

Обычно, чтобы избежать подобных разговоров и процедур, я просто забираюсь ночью и беру чего мне нужно. Но... начинается новая жизнь и в ней обязательно появляются свои занозы. Полчаса я трудился над этой писаниной, наконец, снова предстал перед грымзой. Ничего не сказав, она рассовала мои бумажки по ящикам и процедила:

– Постоянный билет получите через месяц. Временный пока полностью его заменяет, не потеряйте! Идите, заполняйте талоны требований. Вы умеете пользоваться предметным каталогом?

– А как вас зовут?

Она немного сбилась и уставилась на меня:

– Ну, Цецилия Семеновна, а зачем вам?

– Цецилия Семеновна, я только сегодня узнал, что такое библиотека. Помогите мне, пожалуйста, разобраться, как она работает и как получить книжки.

Грымза немного смягчилась:

– Молодой человек, вы почти у цели. У нас есть три отдела: читальный зал, абонемент и лингафон. Вы – в читальном зале: здесь так - вы на листочке пишете название нужной вам книги, мы вам ее выносим, вы идете в зал читать, а потом сдаете, понятно? Вход в абонемент – по улице и в следующую дверь, там вы выбираете книжки сами, записываете их за собой и уносите читать домой, а потом возвращаете и берете новые, понятно? В лингафоне сидите в наушниках с микрофоном и тренируетесь в иностранном языке, понятно?

– Очень понятно, спасибо вам, Цецилия Семеновна, Я пойду.

– Куда же, молодой человек, э-э-э Геннадий?

– Похоже, мне в абонемент...

– Что ж, удачи вам!

* * *

В абонементе все было почеловечнее. Раздевалки не было, читатели в пальто расхаживали среди полок, рылись в книгах и потом, переговариваясь, шли с добычей в очередь к веселой красотке-сотруднице за столом. Очередь было недлинная. Я, было, присоединился к охотникам за бумажными кладами, но зоркая красавица громко меня окликнула:

– Эй, читатель, а поздороваться?

Подхожу к ее столу:

– Здрассте, как поживаете.

– Вашими молитвами! Читательский-то давай!

Достаю, даю картонку из другого зала.

– А, первый раз, оно и видно. Сумку вон у двери оставь. Больше трёх книг по временному не даем. Выберешь – подходи, распишешься.

Рылся долго. Взял какого-то «Капитана Сорви-голова» – самая потрепанная была на полке, «Обломов», так ребята в колонии неудавшееся дельце называли, и тонюсенькую книжку стихов, «Александр Блок. Стихотворения» – вспомнил чтения на литературе, ну и решил просветиться по этой части.

Дождался очереди, книги красотке протягиваю. Она сначала долго заполняла какую-то картонную книжечку, потом ловко извлекла из пакетиков на книжных обложках какие-то листочки, сложила их в конвертик в той книжечке, быстро-быстро на первой странице книжечки написала какие-то цифры и названия книг и подвинула книжечку ко мне:

– Ну, читатель Болотин, расписывайся три раза: вот здесь, где галочки, число и подпись.

Я послушно взялся за формуляр.

– Ты стихи любишь? Не может быть! –

удивилась она, пока я царапал дату в формуляре.

– Не знаю пока, не читал. Вот, решил попробовать.

Смеется.

– Да ты большой оригинал!

– Как вас зовут?

– Познакомиться хочешь?

– Хочу.

– Инга.

– Инга, а дальше как...?

– Просто Инга, меня по отчеству еще рано.

– Просто Инга, скажите, а что такое «ригинал»?

– Никогда не слышал? О-ри-ги-нал – тот, кто старается себя вести и все делать не так как другие.

– Надо же! Я уж стараюсь-то совсем наоборот!

В этот момент к стойке подошел другой читатель.

– Ну все, забирай книги, через две недели принеси, расскажешь, как тебе стихи.

– А раньше можно?

– Конечно, когда хочешь. До свидания, читатель Болотин!

В общем, мне в библиотеке понравилось.

* * *

Дома мать уже уложила Ксанку и строчила что-то на Зингере.

– Ты поздно. Есть будешь?

– Угу.

– Сковорода на кухне, разогрей сам!

Когда я вернулся в комнату с дымящейся сковородой и чаем, мать уже сворачивала шитье.

– Ма, я в библиотеке был, там лингафон есть. Ты там была?

– Нет, не была. Тогда лингафон только в одной библиотеке был – иностранных книг, но туда никого не пускали, студентов только. Как училку-то твою звать?

– Да зачем тебе? Ну, Нина Сергевна...

– На родительском собрании посмотрю, чем эта она тебя так зацепила!

– Да ладно тебе. Собери вон лучше сумку в прачечную, я отнесу.

Ворошит мне волосы:

– И постригись заодно, помощничек!

* * *

Перед сном захожу к соседу. Он уже совсем оклемался и целыми днями сидит за своими рукописями. Он явно рад прерваться и поговорить, но свои листочки он при этом сразу прячет. Расставляем фигуры на доске, мне выпадает играть белыми.

– Глеб Никанорыч, простите мое любопытство: то, что вы пишете, должен будет прочесть кто-то один?

– Нет, я пишу для всех, для истории.

– Тогда почему вы все сразу прячете?

– Глупо, конечно, но за такую рукопись сейчас могут и посадить.

– Вас, или того кто прочтет?

– Обоих. Но за себя-то я уже отбоялся.

– А как вы хотите передать рукопись читателям?

– Я пока об этом не думал. Мне важно сначала закончить.

– Много вам осталось?

Пенсионер почесал затылок.

– Ты знаешь, первую книгу я почти закончил, мне осталось еще две-три недели.

Мы быстро разыграли начало партии.

– Я хочу предложить вам план. Могу спрятать ваши бумаги до лучших времен, чтобы потом попробовать их напечатать – здесь или за бугром. Вы знаете, кто я, так что прятать вещи я умею. А главное, на меня не подумают, и искать не будут.

Никанорыч удивленно на меня посмотрел

– А ты знаешь, что я пишу?

– Нет, но догадываюсь. Скорее всего, это описание ваших отсидок. Или рассказы о зоне и заключенных.

– Да, правильно. И ты готов рискнуть спрятать это?

– Конечно, я все время рискую и прячу что-то, за что сажают.

– Мне важно понять, почему ты готов это делать.

– Ну, я не знаю, что вы там пишете и вообще в этих делах не смыслю. Но вас знаю, как хорошего человека и рад буду вам помочь. И потом, мне тоже нужно будет кое-что от вас.

– За откровенность – спасибо. Но я не готов помогать тебе в твоем... э-э... ремесле.

Сосед сердито передвинул своего слона на крайнюю вертикаль.

– Ну, что вы, Глеб Никанорович! Простите, но вы и не годитесь никак для моего ремесла. Просто, нужно будет помочь по-соседски. К примеру, мне вот тоже нужно кое-что припрятать, в основном деньги. А ваша комната – отличное место.

Сосед расхохотался.

– Давай, давай, дружок! Я как раз обыска жду со дня на день!

– За хранение денег вам ничего не будет. Их даже не изымут, наверное. Их для вас само государство печатает. Так что я рискую больше вашего. Но дело терпит, я вас не тороплю, подумайте. И дописывайте книгу, пока за вами не пришли. Шах!

– Ты прав. Я подумаю. Ого, да это «вилка»!

– Ну да. Теперь без ладьи вы вряд ли меня победите. Еще партию?

– Да нет, спасибо, Генка, давай завтра, я хочу еще поработать.

– До завтра, сосед!

Возвращаюсь к себе, укладываюсь, пробую заснуть, но Никанорыч никак не идет у меня из головы. Везет мне на людей! Сосед всего лишь, а как будто родственник. Тут снова теплая волна поднимается от шеи, проходит в затылок, сейчас поймаю мысль, сейчас... нет, сегодня, увы, прошла мимо. Спокойной ночи, Генка Форт!

14. Контрольная

Пятница. Утром я немного погорячился на кольцах – потянул левое плечо. Такая досада! Неделя без гимнастики. Плетусь в медкабинет. Медсестра только пришла, еще даже халат не надела.

– Поли-ванна, выручайте, потянул вот!

– Голова ты садовая! Дай-ка руку – так больно? А так? А так? Не буду, не буду больше... ну что говорить – потянул. Дня три поболит, никуда не деться. Давай я тебе повязку сооружу, руку нужно в покое держать. Дома лед вот здесь подержишь. А в аптеке – белый стрептоцид возьми и спроси, что у них есть от воспаления. Мазь дома есть? Давай рецепт выпишу. Натрешься на ночь.

– Поли-Ванна, век не забуду! Мне на первые три урока позарез надо, а потом я, может, пойду, если разболится. Вы бы мне освобождение на всякий случай, а то заучиха лается.

– Язык-то попридержи! Спрячь вот, справка тебе на три дня. Сестру кто заберет?

– Ой, да! Ладно, сдерну ее с четвертого урока, не обломается.

Медсестра тяжело вздохнула, да и только.

* * *

На втором уроке – четвертная контрольная по алгебре. Две рослые отличницы с хорошим почерком разделили доску пополам и старательно выписывают варианты. Нахмуренная заучиха раздает проштампованные чистые листки. Подписываем их – под её диктовку. Евсей, так его прозвали, за учительским столом сосредоточенно решает примеры, классу ведь потребуются его подсказки. Я-то чувствую себя уверенно, только вот текстовая задача – не помню, как ее оформлять.

Евсей дает отмашку, можно начинать!

Так, задачка досталась совсем простая. Подожду, пока соседка начнет решать свою – посмотрю, какие надо писать слова, а пока примеры порешаю.

Так, упростить выражение. Ну, как обычно: раскрываем скобки, приводим подобные, ого, все кроме цифр сократилось, получилось 3.5, куда уж проще!

Так, теперь уравнение. Вот он, танец с бубнами! Но теперь-то я - ас по приведению к общему знаменателю! Опять скобки, подобные, дробь равна двум, знаменатель – в правую часть, так, про ноль не забыть! Опять скобки, подобные, готово. Проверка, подставляем первый корень – ажур, второй – ну конечно – знаменатель ушел в ноль, откинуть! Как там в этом случае пишут? Заглядываю в листок соседки: у…у, она только с задачкой разделалась. Ладно, напишу, как понимаю: «корень Хэ-два не может быть решением, так как делает нулем знаменатель». Ну, хватит. Пора к задаче приступать.

Опять заглядываю к соседке. Ага, «обозначим за Хэ скорость пешехода» – всё, вспомнил! Быстро пишу всю эту чушь ... «то составим уравнение».

Заглядываю к Ирке снова: первый пример вроде решила, чего-то только не так просто упрощение у нее выглядит, а-а-а, вон, опять, плюс с минусом перепутала! Толкаю ее под столом, а сам ручкой в минус неправильный тыкаю.

   – Болотин, у тебя другой вариант! Списывать бесполезно!

 Она что, полная идиотка, эта заучиха?

   – Извините, Маргарита Семенна, больше не буду.

Ловлю благодарный взгляд Дороховой. Быстро пишу (строчку за строчкой) решение уравнения задачи. Мне легко дается математика, еще и потому что у меня неплохой почерк: некрасивый, но очень быстрый и разборчивый. Пальцы сильные, писать наблатыкался в колонии, когда письма матери строчил.

Черт, в этих задачках числа всегда дурные какие-то!

Я громко спрашиваю:

   – Сколько будет шестью семь?

Класс грохнул!

   – Ты из каких джунглей вылез, Болотин?

презрительно сморщилась завуч,

– Э-э, Маргарита Семенна, когда в колонии номер 7 проходили шестой столбец из тетрадки в клеточку, я пребывал в ШИЗО за драку с поножовщиной, а потом как-то руки до него не дошли. Но сейчас-то алгебра, не арифметика, а спрашивать же не должно быть стыдно, правда?

– Сорок два, садись и продолжай, –

буркнул из-за стола математик.

Так, быстро досчитываю, дописываю, проверяю ответ, условия сходятся, все в полном ажуре.

– Смотри-ка, и впрямь сорок два!

Класс снова грохнул: сколько же времени я считал, чтобы проверить. Встаю, морщусь от боли в плече, иду и сдаю листки контрольной.

Завуч, ядовито так:

– Ты бы еще раз проверил, Болотин!

– Проверил три раза: сорок два будет. Как в аптеке!

И вышел из класса.

А на следующем уроке, физике, Ирка мне шепнула мимоходом:

– Евсей листок твой проглядел, сказал, все правильно, и еще сказал, что ты шут гороховый. Ты что, правда, таблицу умножения не помнишь?

– Да помню, конечно! Ну, путаюсь иногда... Но тетрадка-то в клеточку всегда под рукой.

– Маугли, как есть, Маугли!

После школы посидел, почитал на продленке, поел, отвел Ксанку домой. На улице моросит, дома сидеть неохота, плечо ноет. Пора, думаю, Мотю проведать.

* * *

Прихожу, Мотя мне вроде как обрадовался. Покойников он сегодня не обряжал, не красил, а так, сидел в позе лотоса и слушал своих битлов через наушник.

– Как в процедурной, все достал тогда?

– Всё ништяк! Старшая даже не скандалила почему-то из-за бардака в кабинете. А в процедурной мы теперь с сестричкой милосердия одной по ночам вместе бываем. Я массаж ей там, всякий... ну, а препараты она мне сама таскает.

– Хорошо устроился! У Ферзя был?

– Был, был. Он мне тут денег отстегнул, немерено!

Мотя немного посерьезнел.

– Не нравится он мне. Ингаляции мои ему пришлись, но нездоровый он какой-то: то ли бессонница, то ли боли. Спросить не решаюсь. Ему бы исследование пройти.

– Правильно, что не решаешься. Он больше всего ненавидит вопросы. Любые. А про исследования лучше забудь. Человек в законе – он в государственное учреждение войдет только под конвоем. Медицину пользовать – только частным образом. Ты что хотел-то, какие исследования ему провести?

– Да, все. Анализы, рентген, ну или ультразвуковую просветку груди и брюшной полости.

– Ну, не знаю, поговорю с ним.

Мотя повеселел:

– Проверки я могу провести здесь, забашляю лаборанткам, собрать – вот проблема.

– Ты ему не вопросы задавай, а вежливо, но твердо дай указания: «Протяните руку, я должен пощупать пульс!» или «Вот баночка, пописайте в нее!», это его меньше раздражает.

– Попробую. Ты сам-то чего морщишься?

– Да вот, в плече руку потянул.

– Чего ж молчал?! Скидывай одежонку и ложись-ка.

– Сюда? После жмурика?!

– Все там будем, ложись на живот, ща, руки пойду, вымою.

Сильные и чуткие пальцы Моти пробежались по всей спине, шее, позвоночнику до крестца.

– Отличный костно-мышечный у тебя! Давно качаешься?

– До колонии еще начал, два года, считай. А вовсю пашу – год.

– Да, потянул. Muscula teres minor наверное. У тебя там сейчас небольшое воспаление, и размять как следует не получится, но остальному мясу массаж не повредит – тонус мышц тебе повышу.

Через десять минут тело запело, как после отличной тренировки. У Моти был настоящий талант.

– Ну вот. Постарайся подержать руку в покое. Завтра – согревающий компресс. В понедельник, наверное, уже сможешь чуть-чуть в зале размяться.

– Спасибо тебе! А что за «Ультразвуковая просветка» такая?

– Совсем новая методика, только у нас испытывается. Ею у беременных плод смотрят – прямо в животе, ну и органы в брюхе просветить можно, если уметь. Не так четко, как рентген, но зато безвредно.

– А аппарат большой?

– Не очень, его на каталке по женской процедурной возят.

– Это что ж, выходит, звуком можно внутрь тела залезть?

– Ну да, ультразвук на разных частотах от разных тканей отражается, и на радарчик.

– Что за частоты такие?

– Я тебе что, физик? Не очень я в этом секу. Но в процедурной я часто, и снимки читать научился немного.

– Слышь, а если в тело можно залезть, то, может, и в сейф получится?

Смеется...

– Никогда не слышал о таком, но можно попробовать...

Вот так мы славно провели вечерок, я обещал еще зайти – на той неделе, как у Ферзя побываю.

15. Шакалы

Суббота, утро. И тренировки нет, и освобождение в кармане. Проспал допоздна, английский повторил, книжки читаю. Прогуляю, думаю, в последний раз, только на урок к фее схожу, а потом в читальный зал попробую.

Тут приходит Ксанка, ревет, нос разбит, вся в крови вымазанная. Веду ее умывать, потом на кровать, на спину, холодную мокрую тряпочку на переносицу, расспрашиваю, где это ее так. И вот, сквозь слезы:

– Мальчишки чужие около школы подошли, давай, говорят, двадцать копеек, а у меня пятнадцать всего от завтрака оставалось, я их Анжелке хотела за фантики отдать. Отстаньте, кричу, шакалы, я брату ск-а-ажу! Ты же говорил: кто деньги отбирает – тот шакал, правда ведь? Тут один как мне двинет по носу, я даже в лужу упа...а...ла! В карман залезли, монетку забра..а...али и бежать. Слова еще плохие мне выкрикивали...

Я сижу, руки дрожат, но глажу ее, успокаиваю, как могу. Обещаю в цирк сводить и леденцов всяких. Чуть унялась – иду, стучу к Никанорычу:

– Глеб Никанорыч, с Ксанкой посидите? Ее обидел кто-то, разобраться мне надо.

– Иду, Ген, иду, сейчас только очки найду, но ты беги, беги, аккуратней там!

Опять в Красный уголок через окошко, из ухоронки выбрасываю рюкзак и лезу в самую глубь – за шнером. Припас-свинчатка, перо-бабочка, ножка от стула «ёжик» – коротка, но вся в полу-вкрученных шурупах. Я не люблю драться, и из оружия у меня только оборонка. Рассовываю по карманам, ёжика – в рюкзачок, туда же куртку на всякий случай. Остальной инструмент – назад в вентиляцию. Готово? А ярость кипит. И страх – упущу, как пить дать, упущу! Виноват, сам виноват, не надо было тогда бежать, такие сами не уходят. Все, в дорогу!

У школы их не было. Тупые гниды, а секут, что суббота – значит, родители дома, дети наверняка пожалуются, и шпану будут искать. Или смотали совсем, или у других школ еще подбирают. Проверю. Бегу к школе на Бурденко, навстречу стайка малышни, класса из четвертого или пятого, наверное

– Ребята, шакалов двух не видели? Кто деньги шакалит?

Смотрят удивленно, не понимают. Но вдруг один кричит,

– Видели! Видели! Вон туда свернули, где школа. У меня, гады, сорок копеек отняли вчера!

Парни мирно курили, сидя на приступочке школьной ограды. Была, наверное, середина урока и добыча из той школы еще не выходила. Достаю ёжик, держу за пазухой, быстрым шагом иду мимо. Смотреть в землю! Отвернуться, а то догадаются! Когда поравнялся с ними, один привстал, узнал, наверное. Я, не останавливаясь, иду мимо, первому – дубинкой по башке, и сразу же – второму. Невезуха! Первый успел уклониться, второй блокировал удар рукой. Но по руке я ему вмазал хорошо, куртку разодрал, он орет. Ёжик отшвыриваю, и – бежать, как и рассчитывал.

За спиной топот, но сейчас я готов. Рюкзачок – не ранец, не мешает. Бегу быстро, но не на отрыв. Заворачиваю за угол, здесь вдоль проезда – пара небольших двориков. Ага, слышу топот первого, пробегаю через первый дворик, у второго оборачиваюсь. Тот, который пошустрее, спешит, а второго не видно. Подпустил к себе немного, шмыг во дворик, и в подъезд – он здесь один. Так, дом старый – двойная входная дверь, старый лифт в решетчатой шахте, истертая мраморная лестница с красивыми перилами. Сажусь на корточки сразу за дверью, в темном углу, руки убрал в подмышки, голову наклонил – маленький темный колобок в темном углу... Дверь распахивается, шустрый влетает, оглядывается – и к лестнице. Я прямо с корточек прыгаю к нему, падаю, хватаю за ноги и дергаю на себя что есть сил. Получилось! Он упал, трахнулся головой о ступеньку, лежит, не шевелится. Поворачиваю его лицом вверх: на лбу ссадина, морда в крови, глаза мутные – поплыл, как боксер в нокдауне. Бросаюсь к двери – где там второй? Выглядываю – ага, уже во дворике, по сторонам оглядывается. Высовываюсь, изображаю испуг и скрываюсь в подъезде.

Сразу сажусь задом на пол, лицом к выходу, согнутыми ногами к двери. Жду секунду, вот в стекле в двери что-то мелькнуло. Изо всех сил двумя ногами бью в дверь. Опять сработало! Получив дверью прямо в нос, присел, за морду держится, воет. Нужно добить! Выбегаю, со всего размаха – ногой в харю. Но кеды на ногах легкие, удар вышел несильный. Упал, пробует подняться. Так, верхом на него, за волосы – и головой об асфальт раз, другой! Обмяк. Теперь повозить чавкой по асфальту – в колонии так делали, когда дрались на дворе для прогулок: боль от множественных царапин, как от обширного ожога! Все, теперь назад — к шустрому.

Захожу в подъезд, сидит на ступеньке, почти очухался. Бью с лету коленкой в морду, он снова в отруб. Так, Гена Форт, остановиться, не звереть! Как предписано, вдыхаю поглубже: раз два три... И сразу — ясная мысль: ЭТИМ НЕ КОНЧИТСЯ, НАДО ИХ УКЛАДЫВАТЬ НАДОЛГО.

Достаю «бабочку», развожу половинки рукоятки — и на фиксатор. Тонкое лезвие блестит, как новенькое. Как жалко расставаться с такой красотой! Где ветошь? Тщательно протираю рукоятку, пространство между половинок, лезвие. Кто он там — левша, правша? Неважно! Беру его правую руку, аккуратно заворачиваю рукоятку ножа в ладонь, прикладываю еще пальчики, вот, хорошо. Бросаю нож в угол. О, опять шевелится! Завожу ему правую руку за спину, беру за кисть и изо всех сил дергаю на излом. Треск кости и дикий крик. С этим все... Слышу шум открывающейся двери на верхнем этаже и выбегаю из парадного.

Второй еще валяется мордой вниз, отдыхает. Ощупываю у него карманы штанов: в левом мелочь. Вот, кстати! Выгребаю, выбираю монетку в 15 копеек, остальное ссыпаю обратно. Щупаю правый карман, так и есть — свинчатка. Даже не лезу проверять, пусть побудет в кармане. Теперь последнее, чтобы не ушел. Берусь за его башмаки, разворачиваю тело поперек дворика, чтобы ноги оказались ступнями на бордюре — на излом. Не думать! Прыгаю и обеими пятками приземляюсь на лодыжку. Хруст, стопа задирается в сторону, сломаны, наверное, все косточки вокруг щиколотки. Б-р-р-р... Но теперь не уйдут! Дверь подъезда открывается, я разворачиваюсь и убегаю, мне в спину — возмущенные женские крики.

Сворачиваю в первый дворик, забегаю в подъезд. Вымарался весь! Снимаю куртку — и в рюкзачок, пробую отряхнуть штаны, вижу темное пятно на коленке. Что поделаешь, придется идти так, других штанов нет. Интересно, сегодня заметут? А плечо-то как ноет... Пока дрался, не замечал, а сейчас вылезло. Как бы то ни было, а работу над отмазками никто не отменял. Пора в школу! Английский меня ждет.

* * *

Урок был в самом разгаре, когда я ввалился в класс. Нина Сергеевна, моя фея, махнула мне рукой, иди, мол, садись, и даже не прервалась. Сижу, слушаю про прЕзент индефинит и презент континиус. Ничего не понимаю. Но уже принимаю участие.

— Как вы скажете: «Я хожу в школу»... Болотин?! Please...

— Ай гоу то скул.

— I go to school... правильно...

— ...эври дэй! —

добавил я с гордостью и сел. Все засмеялись.

— А сейчас скажите: «Я иду в школу»...

После урока я остался на дополнительное занятие, как и договаривались.

— Ой, я учебник забыл, Нина Сергевна! У вас есть запасной? Есть? Отлично!

Я с гордостью продемонстрировал свое знание алфавита, попросил проследить, как я читаю упражнения на слова. Попробовал даже прочесть стишок, но фея, после первых же слов замахала руками: нет-нет, пока не надо!

16. Первое свидание

И тут, в разгар занятия в дверь класса постучали, и в проеме показалась голова в милицейской фуражке.

— А-а, Болотин, вот ты где! Пойдем-ка, поговорим!

— Послушайте, любезный! —

зазвенел голос не на шутку возмущенной феи

— здесь вам не милицейский обезьянник, а советская школа!

Никто вам не давал права врываться на мои занятия без спроса. Потрудитесь выйти и подождать за дверью!

Ах, это был лучший момент этого дня! Опешивший участковый буркнул «Я извиняюсь» и скрылся за дверью.

Когда прозвенел звонок, лейтенант снова сунулся в класс:

— Товарищ преподаватель, я извиняюсь, можно вас на минутку?

Фея встала и, громко постукивая каблучками, подошла к двери.

— Этот ученик был на занятии весь урок?

— Два урока подряд. Это его дополнительное занятие.

— Я еще раз извиняюсь, но тут такое дело, двоих только-только увезли в больницу, я обязан провести дознание.

— В школе при беседе милиции с учениками средних классов должен присутствовать директор или заведующий учебной частью, — отчеканила фея. Потом вздохнула и добавила:

— Но при таких обстоятельствах я готова завуча заменить... беседуйте!

Участковый вошел, снял фуражку, вытер пот и уставился на меня. Я вежливо, жестом предложил ему сесть. Вставать и показывать ему свои измазанные в крови штаны мне совершенно не хотелось.

— Так, ты драку видел?

— Нет, не видел я никакой драки, Сидор Потапыч...

— А чего рука на перевязи?

— Вчера плечо потянул на гимнастике, сестра мне даже освобождение выписала, вот оно.

— Сестра?

— Школьная медсестра, ее кабинет внизу.

— Ладно, ты не встречал двух парней, лет по семнадцать, один в кепке, на другом куртка с полосой, вот здесь?

— Шакалов этих? Встречал, в четверг, полтинник у меня забрали.

— Забрали полтинник? У ТЕБЯ?!

— Так один мне ножиком пригрозил, а другой был с кастетом. Да тут и рублик целый отдашь, не пожалеешь!

Глаза мента радостно заблестели.

— Ты у них нож видел? Какой?

— Я что, разглядывал? Ну, тонкое такое перышко с длинной ручкой, пластиковой, беленькой.

– Накидыш или бабочка?

– Не знаю, он уже открытый был.

– До шести в милицию зайдешь, протокол подпишешь, а пока гуляй.

– Непременно, Сидор Потапыч, буду как штык!

И мусор быстренько свалил.

Фея смотрела на меня с явным интересом.

– Горазды вы врать, Гена Болотин. Брюки постирать не забудьте!

– Спасибо вам, спасли вы меня, Нина Сергевна. До следующей субботы!

* * *

Дома Ксанка, уже успокоившись, играла со своими куклами,

– Генка, а когда мы в цирк пойдем?

– Скоро! Вот билеты купим и пойдем...

Достаю пятнадцать копеек, отдаю ей.

– Вот, мальчишки монетку вернули. Они больше так не будут.

– ЗдОрово! Анжелку тоже в цирк возьмем ладно?

– Возьмем, возьмем.

Постиранные брюки уже начали высыхать, когда в квартире раздался резкий звонок. Я кое-как натянул их и пошел открывать. В двери стояла разгневанная фея и, разве что, не метала молнии:

– Как вы могли?! Я звонила в Морозовскую, – у меня там подруга... сильное сотрясение, черепно-мозговая, рука сломана в двух местах, у другого мальчика четыре кости в ноге раздроблены. Вы просто зверь какой-то! А я, ведь я вас покрывала! Что там случилось? Отвечайте!

Мы еще стояли на лестничной площадке. Я прикрыл дверь и твердо говорю:

– Они обидели мою сестренку. Разбили ей нос, толкнули в грязь, отняли все деньги. Она в третий класс ходит, ей еще десяти лет нет. Я должен был сделать так, чтобы они здесь больше не появлялись.

– Но нельзя же калечить? Можно же в милицию...

Она поперхнулась.

– Настучать Пидор Сатрапычу? И он их поймает? Да они почти неделю здесь жировали! Десятки малявок, вон, в слезах домой бегали... Ладно, пойдемте!

– Куда?

– В мусорку, долОжите на меня.

– Ну, уж нет! Это я просто, от возмущения... А как же вы так смогли?

Наконец фея улыбнулась, и я от этого просто поплыл.

– Пойдемте, я хочу вас проводить.

Хорошо, что штаны уже почти сухие. Мы спокойно спускаемся к выходу.

– Я вообще бы их убил, если бы не вы.

– Это как?

– Ну, я на урок к вам опаздывал... И потом, одно дело учить простого воришку, а другое – убийцу. Я подумал, вам неприятно будет.

– Шутить изволите, молодой человек?

– Шучу, но говорю правду. Вор ведь – не вор, пока не пойман. А с убийцами все иначе.

– А знаете, я завидую вашей сестренке...

И я опять поплыл.

– ...А как сказать по-английски «Я всегда буду защищать вас»?

Смеется, как колокольчик звенит!

– Выучите сначала «Мама мыла раму», мой рыцарь!

– А все-таки?

– «I will guard you all the time. »

– Спасибо, зазубрю!

Посадив фею на троллейбус и крикнув на прощание «I will guard you», я поплелся назад.

Предстояло очень неприятное, очень-преочень сомнительное дело. Перед ментовкой я постоял, повздыхал немного, и, наконец, зашел...

* * *

Наш участковый, лейтенант милиции Сидор Потапович Калюжный смотрел на меня как солдат на вошь.

– Так, сначала опознание.

Он открыл картонную коробку, на дне которой валялись приличная свинчатка и навсегда потерянный для меня ножик, с инвентарной биркой вещдока.

– Этот?

Пожимаю плечами:

– Откуда мне знать?

– Но похож?

– Похож. Вон также кусочек от планки отколот.

– Вот, читай и подписывай, следователь уже дело завел.

Читаю, изложено все по-канцелярски, но верно, не отвертишься.

– Ну, вы прямо, писатель, Сидор Потапович, давайте ручку.

Пишу: «С моих слов записано верно».

Останавливаюсь и поднимаю на мусора невинные глаза:

– Гражданин участковый, а это протокол допроса... кого?

– Свидетеля, пока свидетеля, не бзди, подписывай!

– Сидор Потапович, ну а зачем вам такой свидетель? Я же драки не видел, ну, игрушками, там, попугали меня, а могло ведь, со страху и пригрезиться... Да в суде любой защитник вас по стенке размажет. Двое искалеченных бедолаг когда-то там угрожали, и кому? Какому-то вору-рецидивисту, пусть и несовершеннолетнему. Я бы и протокол такой в дело не подшивал, а то, того гляди, защита и сама меня вызовет...

– Тогда это – заявление потерпевшего! Мне же нужно опознание вещдоков.

– А вот это никак не получится, –

сказал я твердо:

– Не мне вам рассказывать: я живу по понятиям, и в милицию на шантрапу всякую жаловаться мне не к лицу. Да и папа вернется – по головке не погладит.

Он посмотрел на меня с неприкрытой злостью:

– Ох, сядешь ты у меня скоро, Болотин, помяни мое слово!

– Поймайте сперва, Сидор Потапович.

Я вздохнул и добавил:

– Ладно, свидетельский протокол подпишу. Про нож только добавьте, что признал похожим. Пальчики-то сняли? Ну, успеется. Мой вам совет, не регистрируйте пока, со следователем покумекайте. Хотите, число пока ставить не будем?

Когда формальности были закончены, я перед уходом мимоходом спрашиваю:

– А что, других-то свидетелей не нашлось? Нет пока? Вы бы служ-
бу свою 02 потрясли, вдруг звонки какие были... Они ж, небось, на
жалобу, что у ребенка мальчишки какие-то гривенник отняли, и не
реагируют вовсе. Ну да, что мне вас учить. Легкой службы, Сидор
Потапович!

Придя домой, я согрел ванную и долго-долго отмывался
мочалкой. Не помогло.

17. Омут русской поэзии

В воскресенье лечил плечо, учил язык, читал Блока и «Ка-
питан Сорви-голова». Отличная, кстати, оказалась книжка, не оторваться! К вечеру, как паинька, сел за уроки.
А в понедельник Соседка-Дорохова принесла мне еще
одну книгу. На переменке вынула из портфеля аккуратно
обернутый увесистый том, и протянула мне:
– На вот, вернешь, когда прочитаешь.
– Ой, спасибо... А знаешь, я уже взял в библиотеке парочку! А это
что?
– Чехов. Лучшие рассказы и главные пьесы. А что ты взял в
библиотеке?
Достаю, показываю.
– Ого, неплохо. И как тебе Блок?
– Не знаю пока. Вот несколько тут хороших. Остальные не очень
понятны.
– А ты выучил чего-нибудь?
– А зачем?
– Ну, для урока.
– Я запомнил все, которые понравились, а другие-то, зачем разу-
чивать?
– Не может быть, все запомнил?
– А ты нет?
– Да, ладно, врешь ты все!
Достаю томик, сую ей...
– Я за базар всегда отвечаю. Проверяй!

Ира смотрит недоверчиво, листает сборник:

– «Девушка пела в церковном хоре...»

Я подхватываю:

«о всех усталых в чужом краю, // о всех кораблях, ушедших в море,» ... так мы до вечера будем, ты с середины читай!

Снова полистала:

– «она немедленно уронила на пол»...

Я:

«толстый том художественного журнала...» так не честно, это и не стих даже, а так... но мне понравилось, хотя там всё про какие-то другие книжки.

– Вундеркинд!

– От кинды слышу! Чего обзываешься!

На литературе она меня заложила:

– Болотина вызовите, он Блока знает!

Вера Михайловна аж расцвела:

– Правда? Гена, давайте!

– Нет, не буду. Я не умею, Вера Михайловна...

– Вот и учись! Тебе ведь двойка совсем не нужна сейчас.

Блин, картина Репина «Приплыли»! То, что я помнил, было какое-то очень душевное, совсем не в кайф это пробубнить, но и выворачиваться перед ними тоже не хотелось, это – как догола раздеться при всех. Что ж, вылететь из-за такой мелочи?! Жрите, душевно раздеваюсь!

«Под насыпью, во рву некошеном»...

Мелодия стихотворения легко ложилась на язык, я даже стал немного растягивать гласные, как будто чуть передерживал стойки на кольцах. Голос немного окреп, да и в классе примолкли, слушают.

Стихотворение было как бы личное, но и не совсем. Для меня оно – про мою мать, но этого ведь никто не знает. Это я, я на всю жизнь запомнил «ее, жандарма с нею рядом» и рыбоглазых прохожих, замедлявших шаги около распахнутой дверцы воронка, чтобы потом с удовольствием покачать головой. «Не подходите к ней с вопросами...»

– Садись, Гена, пять!

Сел, шепчу Ирке:

– Больше так меня не продавай, –

и отвернулся. В конце урока она шепнула: «Ну, прости!»

– Проехали.

* * *

На секцию я мог бы сегодня и не ходить — плечо еще не прошло, но я соскучился по залу, снарядам, внимательному добряку Григоричу. И решил рискнуть. Пришел, хорошенько размялся, как мог порастягивался и пошел пробовать снаряды. Плечо еще давало о себе знать, и я себя жалел, осторожно держась только статичных стоек. Мысли приятные так и не приходили, только зудящие. Деньги надо перепрятать. Отстёгивать в общак или обойдется? Покаяться Ферзю про ментовку или пронесет?

Тут и Григорич подошел. Он прощупал плечо, покачал головой, принес длинную розовую тряпку, велел замотать плечи и не снимать, а руку все время держать на перевязке. Эластичный бинт — это розовая тряпка так называлась, деликатно сковывал движения и приятно грел — я понял, что уже скоро буду «в строю». Вот только бы к Моте на массаж вырваться.

После секции Григорич попросил всех задержаться, сбегал к себе и торжественно вынес стопочку цветастых почетных грамот. Из нашей команды на соревновании никто не был обижен. Мне даже досталось две грамотки: за второе место на первенстве района — как всем, и большой красивый «лопух» за выступление на кольцах — первое место!

Я уже убегал, когда неугомонный физрук жестом зазвал меня в свой закуток и, показав пальцем помалкивать, сунул мне в руку маленький красный значок – ПЕРВЫЙ РАЗРЯД. И корочки: мое имя, легкая атлетика, гимнастика.

– Не хвастайся особо, это как бы авансом – ГТО еще надо сдать, и вообще, их только в спортшколах дают.

Из глаз у меня брызнуло, я обнял его, прижался к худому животу...

– Пал Григорич, приз в Москве возьмем! Я обещаю.

И побежал наверх, к Поли-Ванне, хвастаться...

* * *

Наконец наступил вечер и настал час ехать к Ферзю. Я старался бывать там пореже, но слишком много всяких дел к нему накопилось.

Ферзя я застал распаренным после баньки, в трениках и майке. Несмотря на долгие визиты в зоны, наколок на нем было до удивления мало: перстенек на пальце, небольшая фигурка шахматного ферзя на правой руке, и положенный ему большой храм на спине, маковки которого виднелись из-под майки, доходя почти до шеи. Из всех возможных, его настроение сейчас было самым близким к благодушию.

– Геннадий, заходи! Чайку со стариком?

– Спасибо, дядя Фесь, с удовольствием.

– Думал я про тебя, решил – беру тебя к себе. До армии работаешь только на меня, кто подкатит – отсылай ко мне. Если что делать задумаешь – говоришь сразу, и сурьёз, и по мелочи. Год отмычкой походишь, а после и масть тебе сообразим. Я сказал, ты слышал.

– Ты сказал, я слышал. Я благодарю, Ферзь.

– Эй, Атос! –

позвал Ферзь. Из глубин дома неслышно вышел молодой мужик с открытым незапоминающимся лицом, одетый с шиком – в толстый свитер с глухим воротником под подбородок. Шел он быстро и ловко, как тигр.

– Это Гена Форт, мой крестник, под себя его беру. Уточни, где обретается. А ты дома след оставляй, чтоб не искали тебя. Разберитесь.

– Сосед у меня, всегда дома – он будет знать. Или маляву скину.

Я объяснил Атосу, где живу и кто такой Глеб Никанорыч. Потом вздохнул и говорю:

– Я, Ферзь, сказать тебе должен. Вчера я в ментовке был. Допрос подписал. Свидаком.

– Что было?

Ферзь нахмурился. Его помощник, уже собравшийся уйти назад, повернулся и с интересом посмотрел на меня. Взгляд был прямым и ясным, но каким-то отстраненным – возникало чувство, что ты для него, как стекло – прозрачен. Сердце пропустило удар. Я все же как-то собрался с духом и продолжал:

– Я двух братков на крест уложил – шакалили они. Менты меня припасли – вот и отмазывался.

– Отмазался?

– Да, вроде. Если следак не фуфло – спустят. Но дернуть еще могут.

– Атос – все узнаешь. Тут, коли по бакланке, мимо пройдет, я думаю. А ты, Форт, смотри. По плохому месту ходишь.

Киваю. А что говорить? Атос тихо встал и вышел.

* * *

– Дядя Фесь, Мотя-то – при порошках уже. Прийти сюда обещался.

– Был уже. Пользовал меня. Но припугнул ты его знатно, похоже...

– Да он сам напуган. Беспокоит его в тебе что-то, по его части. А сказать боится, и пользовать тебя опасается – вдруг тебе не впрок будет. Хотел уже ноги делать.

– Чего ж не сделал? Думал, сильно осерчаю?

– Нет, не может он клиента бросить. У них, у лепил, тоже понятия. Ты уж его послушайся, позволь разобраться. Он – лепила правильный, я бы ему верил.

– Ишь ты. Ну, пусть в трубочку послушает, не обломаюсь...

– И поссать в баночку, дядя Фесь.

Показал мне кулак. Дальше нажимать я не решился. Вроде идет все как надо пока, и тут вдруг:

– Так, а теперь слушай сюда. На дело я иду. Богатое. Ты – в теме.

– Что за тема?

– Мебельный, на Ленинском. Наколку Жердь принес. Он тоже в теме. И еще подход-отход – на Пахомыче. Меня ведь пасут крепко, да и верю я мало кому. Вот Пахомыча и подписал.

– Въехал. Четверо нас?

– Четверо. Ты, вот что, точку попаси, позырь там, что да как, но сильно не светись, время есть.

– Пахомычу тоже, небось, попастись надо, мы вместе тогда.

– Как хотите. Про меня помалкивай, я пока не при делах. Гараж его на Спортивной, знаешь? Атос объяснит.

Я махнул рукой

– Знаю где гараж.

– Ежели сорвусь куда – Жердь рулит. Найдет тебя.

– Моя доля?

– Мне две, вам всем – по одной, еще наколка и общак.

– Я понял. Пойду я, дядя Фесь.

– Ступай. Атос! Проводи.

18. Разведка у мебельного

Вторник. Я почувствовал, что жизнь стала как-то устаканиваться. Отсидел все уроки спокойно, без двоек и скандалов. Посидел, сделал алгебру на продленке, отвел Ксанку домой, посадил за уроки. Дочитал «Капитан Сорви-голова», дождался матери – она сегодня вернулась пораньше. Тут вспомнил о Пахомыче и отправился на поиски. Прошелся немного по переулкам около «Спортивной» и, наконец, вышел к гаражам. Пахомыч торчал в яме под раскуроченной тачкой – зеленым жигуленком-копейкой, чего-то там подкручивая и откручивая... Мне, похоже, обрадовался:

– А-а Генка! Вымараешься весь, не облокачивайся там! Вон, на заднее сиденье лучше забирайся, а то сесть тут негде.

– Ух ты, красавица! –

похвалил я машину

– Палёный агрегат?

– Тебе-то что? – буркнул Пахомыч, – взял на время, покататься, но что-то кардан стучит, поправляю вот. У тебя дело какое?

– Вам Жердь про меня не говорил?

Я при Пахомыче немного робел, на «ты» говорить ему не получалось, и феня как-то не выговаривалась...

– Так он, мудило сраный, тебя в дело подписал? –
с досадой крякнул он и даже выглянул из ямы,

– Любит, гандон, чтобы с отмычкой – чужими руками жар загребать.

– Я бы и не полез, да меня Ферзь сосватал, я теперь под ним. Хоть не завтра идем?

– Да какой там! И транспорт, вишь, не готов, и точку я не смотрел.

– Сергей Пахомыч, а не можете потянуть еще хотя бы недельку, а? Тут меня пасут плотненько, отсидеться бы по-тихому...

– Да я бы этого Жердину вообще послал, но дело, вроде, верное. Ладно, попробую потянуть, хотя он, гад, настырный.

Я немного приободрился.

– Мне бы тоже на точку взглянуть, может, вместе соберемся?

– А давай прямо сейчас и двинем!

– Лады.

Пахомыч уже лез из ямы, вытирая руки ветошью.

– Пойдем, я тебе свою тачку открою – поскучай пока – а мне в ночную потом, прикид сменю.

В отличие от других серьезных людей, которых я знал, Сергей Пахомыч давно и честно ходил на работу. Трудился он в таксопарке, по большей части механиком – за баранку его, как судимого за угон, пускали редко, в крайних случаях. Что вполне его устраивало, так как возиться в автомобильных кишках было его настоящей любовью. Другой, не менее сильной любовью у него была охота за плохо запертыми автомобилями, и регулярно, раз в квартал от него в Узбекистан отправлялась скромная фура груженая палёными тачками. Он не был в законе, но держался по понятиям, блатные уважали его и частенько одалживали его тачки на дело, а то и, вот как сейчас, подписывали его на стрёму и отход. Ферзь ему доверял. А мы были с ним однажды вместе на одном мелком деле, потом я как-то разговорился с ним, когда он заправлялся «ночным товаром» у мамаши. С тех пор я стал захаживать к нему в гаражи, где он держал или снимал два, а то и три железных домика. Захаживал – не знаю зачем, просто посидеть...

* * *

…Хорошо кататься с Пахомычем по вечереющей Москве! Свободное кольцо, почти пустой Ленинский, уютная чистенькая личная «волжанка» приятно урчит вылизанным мотором, слегка покачиваясь на новеньких рессорах. Из старомодной радиолы тихо пиликает какая-то эстрада.

– Так, ну с проспектом все ясно – у каждого перекрестка офицерский гаишный патруль – правительственная трасса – даже как такси далеко не уедешь! Давай-ка развернусь, и по дворам покатаемся. Посмотрим, где стройка, где ремонт.

– Ладно, только у точки ногами погуляем, а потом по дворам, лады?

– Как скажешь, –

усмехается Пахомыч.

Развернувшись на перекрестке с улицей Удальцова, мы вернулись к улице Кравченко и заехали на стоянку у мебельного. Здание магазина – трехэтажный безликий короб «стекло-бетон» – развернуто почему-то торцом к проспекту. Магазин уже закрыт, стоянка почти пуста, но неподалеку от двери топчется парочка замерзших граждан – наверняка, держатели списка охотников за импортными гарнитурами… Если это всегда так, то к входной двери не подступишься. Уже почти стемнело, в окнах большого панельного дома, вытянувшегося за мебельным вдоль проспекта, начали зажигать свет. Мы обошли магазин кругом. На задней плоскости здания – одни въездные ворота в подземный гараж для грузового транспорта и никаких окон на первом этаже, да и на втором – везде монолитное стекло. А вот задний торец представлял некоторый интерес. Первый этаж – такой же стеклянный монолит, а на втором – ряд окон с широкими, метра по два, фрамугами. Вспомнил я свой отход из сберкассы и говорю:

– Сергей Пахомыч, вы на дело-то, жигулёнка прочите?

– А ты чё, в гараже не заметил?

– А если грузовой фургон с высокой крышей?

Киваю на фрамуги.

– Гм, надо обмозговать.

Мы походили еще вокруг, собрались, было, уезжать на разведку улиц, но тут Пахомыч говорит:

– У меня тоже идея, давай вон там устроим пункт наблюдения!

И на панельный дом показывает. Мы идем к машине, он открывает багажник и достает новенький фотоаппарат с треногой

– Бери, садись в кабину.

Выруливаем со стоянки на проспект, едем, разворачиваемся, снова подъезжаем к кварталу магазина и сворачиваем к дому на противоположной стороне. Выбираемся из машины.

Рядом с фонарным столбом Пахомыч ставит треногу с аппаратом, направляет объектив на панель дома напротив и крутит диски на фотике как заправский фотограф. Щелкает, мы быстро сворачиваемся и – трусцой к машине.

– И что это было?

– А я еще пару дней здесь часов в девять этот дом щелкну, потом мы сравним и поймем, какие окна не горят. Там, значит, жильцы в отъезде, в хатке можно расположиться и понаблюдать.

– Клёво!

– Я так теперь большие дворы с тачками пасу, фотографирую и сравниваю. Три дня машина с места не трогалась – можно брать – не сразу хватятся.

– А почему снимали не из машины, на фига лишний раз светиться?

– Так трясет же от мотора, а тут надо выдержку длинную, темно ведь. И не встанешь точно в то же место. Ну, в разведку?

Мы покатались еще полчаса, объехав все близлежащие дворы на нечетной стороне проспекта. Пахомыч всю дорогу помалкивал и лишь под конец, когда снова выбрались на проспект, пробурчал:

– Паршивый райончик, дворы переполнены, на улицах колдоёбины сплошные – где завтра ремонт начнут – не угадаешь. Придется еще кататься – ближе к делу.

Вернулись не поздно – около десяти. Я, как большой начальник, вылезаю из легковушки – и в подъезд. Знай наших!

19. Водные процедуры

В среду на уроке по математике был большой сюрприз. Объявили результаты контрольной – я получил пять! Единственный! Евсей сказал, что всё, с этого дня все поблажки кончились, поскольку ясно, что учиться я могу. А по геометрии-то у меня – твердая двойка... После урока я подошел к нему и спрашиваю

– Владимир Евсеевич, я теперь буду заниматься в библиотеке. Скажите, какие книжки мне посмотреть?

Подумал и говорит.

– По алгебре тебе пока никуда рваться не надо – достаточно учебника, да даже активного присутствия на уроках достаточно. По геометрии у тебя плохо, так что проработай хотя бы Никитина как следует! Или вот: реши задачку. Решишь – аттестую за четверть. Задачка такая: построить треугольник по сумме катетов и гипотенузе.

– Чего-чего?

– Записывай: с помощью циркуля и простой линейки построить прямоугольный треугольник, гипотенуза которого равна данному отрезку С, а сумма катетов которого равна данному отрезку АВ (который длиннее С). Записал? Нужны еще пояснения? Удачи!

Задачка не показалась мне очень трудной – ох, не знал я, куда влезаю!

* * *

После уроков побежал к храму знаний на Смоленку. Сначала – в абонемент. В зале почти никого, красотка – за своим столом, красится.

– Здрассте, как поживаете, нашими молитвами?

Я уже достал книги и раскладываю перед ней на столике, открывая обложки с карманчиками.

– Читатель... эээ...

– Читатель-оригинал Болотин, не прошло и недели!

– Ой, да вы книжки подклеили! Какой молодец! Я горжусь вами, читатель!

– Я горжусь вашей признательностью, «Просто Инга»!

– Как вам Обломов?

– Не пошел. Книжка хорошая, но мне не по зубам пока. Там про жизнь, о которой я пока и знать ничего не знаю – со своей бы разобраться...

– Ничего, потом вернетесь к ней, а с Блоком как?

– Тоже рановато, но кое-что запомнил – что понравилось.

– Много?

– Так, половину примерно.

– «По вечерам над ресторанами»...

Я подхватываю:

– «Горячий воздух дик и глух» – это как раз не очень-то.

– Ну и ладно, вон, на той полке Пушкин вас ждет, читали?

– А что? – Это идея!

Взял еще про приключения, стихи Александра Сергеича и прозу попроще – Тургенева. Инга явно хотела еще поболтать, но я сбежал – в читальный зал.

В читальном зале я как-то увял. Долго разбирался с ящичками каталогов – там, где книжки записаны на листочках. Устроены они не сложно, но сходу не врубиться. И надо много на бумажках всего записывать, а я к этому не привык как-то. Но прорвался, наконец, прихожу в зал с книгами. И понимаю, читать там не получится – атмосфера какая-то нервная: все чего-то листают, выписывают, закладки делают... Понял я что здесь можно только уроки сделать по–бы-стому, если своих учебников не хватает, а так – углубить-ся во что-то – не получится. Надо тренироваться.

Книжки я про ультразвук взял и по химии еще. Поковырялся, поковырялся, да и отложил. Надо как-то иначе к этим заня-тиям подойти. Спросить бы у кого... У Моти, он же ученый!

* * *

А у Моти был завал. В морге оказалось сразу четыре по-койника, и обработать их нужно было сегодня. Я потре-бовал халат и взялся помогать. Оказался не так страшен черт, если знать, как его малевать. Обмывали сначала из шланга в специальной ванне, а потом протирали влажными тряпицами. Потом одевали, ну, тут Мотя – ас, а я на подхвате. Гримом тоже занимался он сам, а я сидел рядом и развлекал его разговорами. Наконец, Мотя решительно встал, помахал руками и говорит:

– Поехали на речку купаться!

– Не прохладно ли уже? – октябрьские вон на носу.

– Ну, не Ялта, конечно, зато взбадривает хорошо. Поверь мне, как знахарю!

Я люблю всякие вызовы.

– А давай!

И мы направились в Филевский парк. Маршрут простой – добрались до Метро на Смоленской площади на перекладных, а оттуда - на метро прямо до парка.

Темнота полная, в парке никого нет. На пустынном пляже Мотя быстро скидывает с себя все и сразу бросается в воду. Бултыхается, поднимая кучу брызг и фыркая, и быстро выбирается из воды.

– Ох, ништяк! Давай, кунайся!

Я старательно все за ним повторяю.

Уууух! Обжигающе холодно! Еще окунуться, еще! Сердце как бешеное, ууух! Хватит, пора на берег! Прыгаю и пляшу как бешеный, восторг необыкновенный. Мотя стаскивает с плеч и швыряет мне влажную простыню.

– Небось, со жмурика?!

– Да ты что! Я жив пока!!!

Голова проясняется полностью, картины сегодняшнего дня как цветные фотографии пробегают перед глазами одна за другой. И я вдруг понял, как нужно заниматься в библиотеке. Надо просто заставить себя делать там уроки – и привычка выработается. Сам понял! Завтра попробую!

* * *

Четверг – день простой и понятный. Раннее утро – лёгкая тренировка. Плечо уже почти прошло. Шесть уроков – ни взлетов, ни провалов. Продленка, в магазин мамаше подсобить, в читальный зал, взял три книги, прочитал, сколько влезло, и пока не сделал уроки, не уходил. Сработало! А вечером у Пахомыча меня ждали две новости.

– Я фургон для дела взял на примету, но не трогал пока – здоровая чушка, ГАЗон, а кузов, наверное, самопальный. Нам в самый раз будет!

– Отлично, Сергей Пахомыч, но потяните пока, ладно?

– Ты завтра пораньше днем не придешь? Я еще два снимка сделал, пленку уже в проявку сдал, завтра с фото надо поработать, а можем и хаты посмотреть.

– Лады, приду. А Жердь не являлся?

– Нет, слава те господи.

– Ладно, пойду я. Арматуру завтра брать?

– Возьми.

20. Невинный взлом

В пятницу Пахомыч уже ждал меня с нетерпением. Верстак в гараже был немного расчищен и на нем лежали несколько здоровых фотографий.

– Что-то есть! Вот, посмотри!

Рассматриваю снимки – они один в один! Тот же дом, сероватый, с ярко освещенными окнами. На первом снимке – в местах темных окон пробиты крестообразные дырочки. На второй – те же дырочки, но поменьше и пара освещенных окон тоже пробиты. На третьей – такая же картина.

— Вот, смекай: эта фотка – за вторник – с тобой вместе снимали. Я наложил ее на эту – за среду – и крестовой отверткой проткнул насквозь, где окна темные, видишь? В среду – здесь, здесь и здесь вот в окнах свет горел, то есть хозяев только во вторник не было. Давай-ка на первой отметим их. То же самое я проделал и со снимком за вчера. Вот здесь и здесь – еще двое домой приперлись. Снова их на первом снимке отмечаем. Что остается? Вот, вот, вот и вот – четыре хаты три дня пустовали. Эти две – от точки далековато, эта – туда-сюда – но этаж высокий, а эта вот, смотри, у самого торца на шестом, прямо как заказывали!

– Ну, вы гигант, Сергей Пахомыч! Теперь только бы вломиться поаккуратнее... Слушайте, а если мы только среду и четверг сравним, может, еще наскребем?

– Если кто уехал в среду? Может быть, но тут такое дело. Рискуем так и так, но, если три дня нет никого – понадежнее будет. К тому же, смотри, какая хатка-то нашлась! От добра добра, сам знаешь...

– Что, поедем эту и эту проверим?

– Сейчас, бинокль найду, и вперед.

Мы ехали с Пахомычем взламывать несколько чужих квартир среди бела дня, но как-то совершенно не волновались. По-видимому, то, что забирать из них мы ничего не собирались, нам это дело представлялось, как невинное приключение.

– Пахомыч, как действовать-то будем?

– Позвоним. Если откроют – извинимся. Если нет – попробуем вскрыть, а что?

– Да, а если откроют – кто мы? Ведь засветимся же по полной.

– Ну, кто-кто... Подъезд перепутали, в гости идем.

– Знаете что, сверните-ка в этот двор, мне принарядиться надо.

Волжанка, аккуратно огибая лужи, вкатывается во двор и останавливается перед зарешеченным спортивным двориком.

– Я сейчас!

* * *

Мальчишки, побросав портфели, гоняли на площадке в футбол, но двое стояли и болели, не успев к жеребьевке по командам.

– Эй, чувак, дело есть. Да не бойся, не обижу!

Побаивается, смотрит исподлобья, не тем тоном я позвал. Молча жду, на что решится. Решился, подходит, ворчит:

– Обидел один такой, чего надо?

– Слушай, меня на педсовет вызвали, песочить будут, а у меня вон даже галстука нет. Продай, а? Полтинник дам!

– Не, мать за галстук убьет.

– Ну, на вот рубль, очень надо, прям щас!

Перед рублем будущий футболист не устоял, и я уселся к Пахомычу, повязывая на шею красную пионерскую тряпочку, оказавшуюся сказочно дорогой.

– Все, теперь до хазы, за макулатурой!

– Тонко...

Машину аккуратно прижали к тротуару во дворе. Сначала решили прощупать хазу на верхнем этаже. Прикинули – третий от въезда подъезд. Двор пустынный. Дождались, пока мимо проедет девушка с коляской – зашли – лифта ждать не пришлось – приехали на 12й. Квартира – должна быть одна из двух справа. Припадаю ухом к первой двери и слышу отчетливый рев грудничка. Качаю головой, подхожу ко второй, ухо к двери – тихо. Делаю знак Пахомычу – скройся, мол, и жму кнопку звонка. Тишина, тишина, потом шаги. Звук навешиваемой цепочки, дверь приоткрывается, в нос шибает водочный перегар. Небритая отекшая физиономия долго старается сфокусировать на мне взгляд. Упрощаю задачу:

– Макулатуры нет?

Физиономия очень раздражается:

– Пошел на хуй, пионэр, бля! Заебали!

Дверь захлопывается, и я с сожалением подтверждаю:

– Макулатуры нет...

Направились в крайний подъезд. Во дворе почему-то никого. Дверь – на шестом, вторая справа. Прислушался – тишина. Позвонил – тишина, осматриваю замки: Обломов! (Илья Ильич). Подзываю Пахомыча, шепчу:

– Два верхних – английские, стандарт. Самый нижний – Абус, немецкий, усиленный, гад. Мне не открыть.

– Слепок сделаешь? Я, может, выточу.

– А слепыш у вас такой найдется?

– Не знаю, хлама всякого много, в гараже-то.

– Ладно, давайте верхние попытаем, а там думать будем.

Самый верхний стоял на одном обороте и открылся быстро. Я быстро вставляю в дверную щель стальную пластинку, приступаю к среднему. Вдруг с грохотом дернулся лифт и поехал на первый этаж. Мы замерли, не зная – бежать, прятаться, уходить? Я вспомнил, как мы с оравой шатались по подъездам и, махнув Пахомычу, быстро прошел на лестницу. Мы поднялись тихонько вверх на один пролет и замерли между этажами. Лифт между тем спустился, загрузился и поехал вверх. Шахта была встроенной, так что, где лифт, мы не видели, но по лязгу на этажах определяли, где он. Когда лифт миновал шестой, мы тихо спустились назад и замерли у злосчастной двери. Наконец, лифт остановился – двери его загудели – шаги – хлопок двери в квартиру – гул закрывающихся дверей лифта – тишина.

– Народ с работы пошел, нам пора закругляться.

– Угу, подсобите-ка мне – у меня плечо побаливает – вот за ручку беритесь, на себя немного, и влево подоприте чуть-чуть, вот так.

«Балеринка» с тихим лязгом совершила оборот и ... дверь приоткрылась! Нижний замок оказался не запертым! Мы вошли в пустую, изрядно запущенную квартиру, и, закрыв входную дверь, наконец, перевели дух.

* * *

– Ну что, за дело? –

громко спросил Пахомыч, направляясь на осмотр помещения. Я схватил его за рукав и прижал палец ко рту – тише, мол. Потом подманил к себе поближе и громко прошептал:

– Вы на скоке были когда-нибудь?

– Первый раз. –

прошептал он в ответ.

– А я – был. Давайте так: пока мы здесь, я – за старшего.

Пожал плечами:

– Попробуй. Только давай уже на «ты», подельничек!

– Лады, Пахомыч.

Я присел, расстегнул рюкзачок, достал бахилы от Моти, надел на себя и протянул Пахомычу. Шепнув ему, «будь здесь, ничего не делай», прошел налево в большую комнату. Припал ухом к капитальной левой стене и прислу-

шался к соседям. Через минуту, вернулся, прошел направо по коридору на кухню и снова прислушался у стены...
Вернулся в холл, говорю вполголоса:

– Слышимость слабая, но лучше не шуметь – соседи дома. Давай обойдем все, осмотрим, потом обсудим что делать. Свет не зажигай. Эх, фонарик бы...

– Есть, в багажнике.

– Ну и отлично.

Проводим осмотр. Квартира отличная, большая. А отделана и обставлена обычно, небогато. О хозяевах почти ничего не говорит.

Небольшая кухня с одним окном во двор. Холодильник, столик, торшер, плита, раковина, буфет, посудные шкафы – ничего примечательного.

Маленькая угловая комната слева от кухни – два окна: во двор и на торце дома, в проезд ко двору. Маленький письменный стол, встроенный шкаф, неширокая кровать, книжные полки, пара стульев – детская или подростковая. Вид нежилой.

Справа две двери – туалет и ванная, ничего примечательного. Слева темноватая комната побольше – двуспальная кровать, гардероб, тумбочки, одно окно в проезд – очевидно, спальня.

Наконец, в большой комнате слева (гостиная – два кресла, диван, телевизор на ножках, книжный шкаф, какие-то комоды) – два больших наполовину зашторенных окна. Выглянув, мы аж ахнули – мебельный был как на ладони, весь его торец просматривался метрах в ста, будто на картинке, несколько окон на фасаде тоже были доступны взгляду, как и ближняя часть торгового зала.

Уже сильно стемнело. В холле квартиры – ничего не разглядеть, и я рискнул зажечь свет. Зеркало, платяной шкаф, полка для обуви, вешалка. Под зеркалом, на вделанных крючках – две связки ключей. Третий крючок был пустым.

– Как бы уборщица не заявилась!

– показал я Пахомычу на пустой крючок.

– Думаешь, хозяева оставили ключи кому-нибудь?

– Да, и соседка, повоевав с замками, не стала запирать дверь на нижний.

– Риск, он и есть риск, хозяева тоже могут вернуться в любой момент.

– Ладно, Пахомыч, сходи за вещами, мы здесь на разведке, так что будем наблюдать. Постой-ка.

Я сходил на кухню и принес матерчатую сумку с ручками.

– На, возьми. Бахилы снимай. И надень вот это.

Снимаю с вешалки хозяйский теплый плащ и шляпу.

– Ты здесь живешь. Шагаешь от подъезда важно и независимо. Роешься в багажнике, все что надо кладешь в сумку, потом с досадой хлопаешь крышкой, крякаешь и возвращаешься в подъезд. На лифте на восьмой, тихонько спускаешься, поскребешься в дверь, я буду ждать. Имеет смысл?

– Угу, беру фотоаппарат, треногу, бинокль и фонарик.

– Треногу – под плащ.

– Да, гаси свет, я пошел.

Тихонько прикрыв за Пахомычем дверь, я снова прошел на кухню. Шторы на кухонном окне были цветастыми и жиденькими, но задергивались полностью. Зашторив окно, я включил торшер – слабая лампочка давала из-под абажура желтоватый свет. Стало намного уютнее. Я встал сбоку у окна и из-под шторы наблюдал за Пахомычем. Народу во дворе было уже порядочно, но никакого внимания сорокалетний неторопливый дядька в неприметном прикиде не вызывал. Все проделал как по нотам. Когда вернулся в подъезд, я пошел ждать его в прихожую.

21. Наблюдательный пункт

Мы сели на кухне совещаться. Начал Пахомыч:

– Смотрим за точкой, бинокль на треноге. Вахта – час, потом меняемся. Если что интересное – подзываем. Фотки делаем?

– На кой?

– Будет проще объяснять остальным, что к чему. Ну и чтоб узнали тех, кто остается после закрытия: сторожа там, ночная смена грузчиков, неугомонное начальство... С такого расстояния хорошо не получится, но попробовать можно.

– Мы прям, как в «Подвиге Разведчика»! Ну хорошо, снимки не помешают.

– Как поймем, что к чему, мотаем отсюда.

– Ладно. Пока мы здесь, правила такие: свет – только на кухне. Пить-есть тоже. В две другие комнаты не ходить. Нигде не рыться, ничего не брать. Чего коснулись – ставим или на место или вот сюда, на столик. В туалет – только отлить и не спускать. Перед отходом спустим один раз. Дверь сейчас запрем на все замки. Если услышим, что открывают – оба в холл, ждем, пока откроют, бьем по голове и бегом к тачке. Если уходим мирно, то поодиночке, ты первый, прогреваешь мотор, подъезжаешь и ждешь меня у самого подъезда. Я убираю все следы, запираю, спускаюсь. Да, вниз спускаемся только пешком. Как план?

– Очень профессионально! –

улыбается Пахомыч.

– Ты дубликаты ключей сможешь сделать?

– По настоящим-то? Конечно! А зачем?

– А ты когда-нибудь не вскрыть, а запереть замок «балеринкой» пробовал? Я не умею...

– Понял, сделаю.

– И нижний тоже.

Пахомыч поморщился, но кивнул.

* * *

Дверь заперта, бинокль – на треноге, моя вахта первая, слежу за кабинетами второго этажа на торце, Пахомыч колдует с фотоаппаратом, изредка им пощелкивая. Время близится к закрытию.

Вот какой-то мужичок в костюме забегает в угловой кабинет, роется в бумагах на столе, находит нужную, с ней и убегает. Вон в предбаннике соседнего кабинет дама с монументальной бабеттой на голове задумчиво красит ногти – секретарша, ей положено. У входной двери снаружи

– возбужденная очередь, пускают в магазин группами по 10, и до закрытия успеет пройти еще только одна группа... В двери – охранник в зеленой форме, отбрехивается от недовольных, как швейцар в кабаке.

Ага, мимо секретарши в кабинет проходят, не спрашиваясь, два мужика. Наверное, директор и кто-то с ним. Садятся к столу - один на кресло спиной к окну, другой - напротив, на кресло посетителя. Говорят... Секретарша рассеянно оглянулась, подошла к двери, прислушалась, потом вернулась на свое место, к ногтям. Директор уже что-то пишет, посетитель застенчиво кладет на стол конверт. Директор кивает, смахивает взятку в центральный ящик стола, клиент раскланивается, рукопожатие, провожание до двери. А в торговом зале вдруг начинается суета.

– Который час, Сергей Пахомыч?

– Семь почти, должны закрываться.

Директор достает конверт из ящика, идет к стеллажам, подходит к небольшому простенькому сейфу – обычному железному ящику с замочной скважиной. Он роется в карманах, достает связку ключей, выбирает нужный, открывает ящик, (я припадаю к биноклю – тот давно настроен прямо на этот сейфик), бросает конверт в отделение на верхней полке. Смотрит на часы, с нижней полки берет здоровый ключ, всё запирает и деловой походкой выходит из кабинета. Пахомыч стоит рядом со мной и все видит.

– Процедура закрытия магазина?

– Похоже.

Из входной двери потянулись последние покупатели, один охранник уже давно стоит у двери и никого не пускает, другой – поторапливает клиентов в торговом зале. Директора нет, а секретарша на выход что-то не торопится...

– Пахомыч, твоя очередь, я – на кухню.

Тусклый свет на кухне мы оставили. Беру кухонное полотенце с крючка, наматываю на правую руку, лезу в комод, выбираю фаянсовую кружку побольше, беру ее полотенцем, несу к раковине, ставлю, полотенцем открываю холодный кран – чуть-чуть, набираю кружку, закрываю плотно воду, несу кружку на столик. Глупость конечно, но приятно поиграть в крутых грабителей, не оставляющих отпечатков. Резиновые перчатки у меня тоже с собой, но сидеть в них целый день – упаришься.

Открываю Пушкина, листаю. Стихотворения ровненькие, но какие-то пустоватые. И тетки нерусские всю дорогу упоминаются (богини, похоже), но все как-то в мозгах не цепляется. Полистал еще – вот поэмы. Ого, длиннющие. А вот знакомое – «там чудеса, там леший бродит» ... Тут Пахомыч фонариком мигает, зовет:

– Директор вернулся!

Директор в предбаннике что-то говорил секретарше, та кивала. Директор закончил, воровато оглянулся, вернулся к двери, вынул ключ из скважины снаружи и запер дверь изнутри.

– Ну вот, приехали! –

хмыкнул Пахомыч.

Я с интересом смотрел, как он обошел стол, приспустил брюки и сел на стол прямо перед дамой. Та наклонилась к нему и через минуту ее бабетта заколыхалась взад-вперед.

– У нас тут еще и варьете...

– Тьфу, пропасть! Не смотри, мал еще!

– Не переживайте за меня, Сергей Пахомыч, моя мамаша, как накушается, устраивает и не такое! Насмотрелся... ну, вот и все, кажется.

Директор посидел немного, сполз, оправил одежду, наклонился и поцеловал даму в щеку. Потом что-то сказал ей и направился в кабинет. Я припал к биноклю, но ничего интересного не увидел: сейфик открылся, директор достал и положил на нижнюю полку большой ключ, запер сейф, убрал, скотина, связку в карман, взял портфель, пальто и вышел, выключив свет.

– Ну что, все ясно, ломать ящичек придется. Всё, собираемся?

– Ты что! А как все уходят, как охрана ночью работает?

– Ну, бди тогда, Пахомыч, а мне еще уроки делать.

И только я полез за «Химией», как Пахомыч снова замигал фонариком...

– Смотри-ка, девушка – не промах! Пошла крысятничать.

Свет у директора опять горел, шкафчик его был открыт, секретарша рылась на верхней полке. Вот достала пару конвертов, извлекла из каждого по купюре, положила конверты на место и заперла сейфик. Поправила папки на столе, погасила свет, вышла. Выдвинула центральный ящик в своем столе и зашвырнула ключ куда-то в глубину.

– Доставала оттуда же?

Пахомыч виновато пожимает плечами:

– Не видал, пропустил... Но откуда ж еще-то?

– Что ж, будем надеяться!

Досидели до часу ночи. Решили, наконец, что все что могли – увидели. Охрана – пара сторожей – делала обход каждый час, начиная с торгового зала и заканчивая служебными кабинетами. Видимо, осматривали они и склады с гаражами, но отследить мы это не могли. Оба раза обход начинался в начале часа, а заканчивался через 15-17 минут. Я особо в наблюдениях не участвовал, просидел лишь одну вахту, а потом все учил уроки. Мы спокойно собрались с Пахомычем и ушли, как и наметили сначала. На этот раз все обошлось без приключений.

22. Большая терка

В субботу я, как штык, скачу в гаражи проверяться, сразу после школы. Сижу у жигулёнка с Пахомычем, и вдруг подваливает Жердь.

– Так, подельнички, дело прикрыто, все разбегаются и сидят тихо-тихо!

– Что за дела? От Ферзя отмашка?

Жердь помолчал и неохотно выдал:

– Менты вчера такой кипиш подняли по всему городу, мама не горюй! Говорят, подломил кто-то сберкассу по-крупному – и с концами. Весь МУР аж две недели на ушах стоял – ничего не нарыли. Им начальство всем погоны спустить обещало, вот они со вчера и борзеют. Ферзя взяли, Бульбу, всех медвежатников, кого знали, и за скокарей взялись. Хорошо, мне со старой хазы звякнули, а то бы уже куковал в СИЗО за просто так. А залетных – на тех вообще три облавы! Колян, кент мой, дворами уходил... Слушай, Пахомыч, такое дело, тачка эта нужна.

Я чувствую, что земля опять куда-то уползает из-под ног. В чем дело – сразу сообразить не могу. Вроде скок отменяется, все ложатся на дно, всё как я и не мечтал даже. Что же не так? Ферзя взяли! Из-за меня, выходит, но про это никто и слыхом не слыхивал. И не услышит. Но ведь без Ферзя-то мне – каюк!

Пахомыч:

– Погоди-ка ты с тачкой, говори: от Ферзя отмашка была?

– Да пошел ты со своей отмашкой! Главаря нет – тема закрыта!

– Пойди-ка, Жердь, покури пока. Нам тут с подельничком перетереть...

Жердь в досаде сплевывает под ноги и выбирается из гаража. Пахомыч зовет меня в салон еще висящего над ямой жигулёнка, мы залезаем и захлопываем дверцы.

– Генка, смекай-ка, дело жирное упускаем. Точку третий день пасем, инкассаторов не видели, такой куш там ждет! Жердь расклада пока не знает, сдадим ему нашу разведку за долю, ему легкий скок сейчас в самую жилу!

– Не уломаем, смотри, как очко у него играет!

– Уломаем! Ему ведь когти рвать, а как без овса? И Ферзя чуток отмажем – он в СИЗО кукует, а тут такой скок. Защитник его вытащит в два счета.

ВОТ ОНО! Сразу все встало на свои места! Молодец Пахомыч!

– Раз такое дело, давай попробуем.

– Ладно, я начну, зови.

Мы вылезли из тачки, я пошел к воротам, а Пахомыч зачем-то достал монтировку, положил на верстак и прикрыл ветошью.

– Ну, чего?

– Тут такое дело, Жердь, раз тема закрыта, то никто никому не должен, так ведь? А коль тебя с этой тачкой накроют, дорожка-то ко мне приведет... А потом, ты ведь ее не вернешь, а она денег стоит, хоть и палёная, верно? Вот и получается, нет мне никакого резона рисковать, уж извиняй.

Жердь затравленно огляделся, но Пахомыч стоял спокойно рядом с верстаком, обтирая руки ветошью, монтировка лежала ничем не прикрытая. Жердь не решился.

– Нет – так нет. Секите, бакланы! Я на мели и меня ищут. Если возьмут, откупаться мне, кроме пения, нечем. Дело со мной варили? Соскочили потом? Пойдете в упряжке!

У меня сами собой сжались кулаки. Я проговорил:

– Ссучишься – ответишь.

– А тебя я, шкет, еще и к Ферзю прицеплю, огребешь по полной!

Ага, на понт берет. Ему петь никак нельзя. Хотя, по злобЕ может и подставить, гад! Что делать? Тут Пахомыч, наконец, подает голос.

– А ну-ка поостыли все! Генка, сел и послушал!

И, сбавив тон, продолжал.

– Мы тебя уважаем, Жердь, ведешь ты себя по понятиям. Про кипиш не утаил, про Ферзя тоже, и залупаться за отказ сильно не стал. Давай-ка про скок протрем еще разок.

– Да чего тереть, там «медведь» такой – только Ферзю под силу!

– А Колян твой?

– Нет, не берется. От из Засранска какого-то, только консервную банку вспорет.

– Но медвежатник он? По масти-то?

– Ну да, сидел за подлом, я с ним чалился...

– Тогда, слушай сюда. Мы вас с ним в точку приводим и «медведя» – на блюдечке. На вас – охрана и пара простых дверей. Нам – половина.

Жердь аж рот раскрыл:

– А тачка?

– Если навар у Форта оставите, сам отвезу вас на 101-ый. Скажешь – в Коломну, скажешь – во Владимир, куда скажешь.

– Как это – навар у Форта?

– А как я повезу вас, один двоих, таких красивых, ночью, в глухомань?

– А навар?

– Привезем потом, да скинем на бану – обычное дело.

– А ну как мы денежек и не увидим?

– Генка отвечает. Он – в деле, других нету. И западло пацану потом всю жизнь бегать от вас.

Жердь подумал, потом вздохнул и сказал:

– Нет, не пойдет. Мы, значит, голову в петлю, а потом сиди тихо без овса на милости шкета этого. А случись с ним что? А заметут? Нет, Колян вас не знает, не подпишется он на такое.

– Ну, нет, так нет. На полсотни косых мы и других охотников найдем...

– Откуда столько?

– Тебе не все равно?

Да, жадность – великая вещь!

– Ладно, забыли пока про тачку. Что за расклад?

Пахомыч откашлялся:

– Значит дело такое, мы у точки этой четыре дня паслись и нарыли много. Охрана там. Каждый ровный час серьезный обход, два охранника с волынами, 15 минут – по всем помещениям. Сейф ковырять нельзя, усекут. Но мы знаем, где ключ от него.

– Ну да? Откуда же?

– Генка вскрыл пустую хазу в соседнем дворе, мы вчера всю ночь в окна пялились, семь часов провели! Так подписываешься?

– Если медведя сдаете, то да, подписываюсь.

вздохнув, пробурчал Жердь.

– Так вот, директор сам сейф запирает и отпирает. Ключ – в личном сейфике, в его кабинете. Сейфик – говно, просто стальной ящик. Так что провернуть все можно по-тихому, минут за 20.

Тут и я вступил:

– И вход там отличный. Все окна второго этажа на торце с фрамугами. Вскрываются фомочкой безо всяких следов. Отвисают сильно – слон пройдет. Пахомыч уже фургон присмотрел: подогнать вплотную и с крыши прямо в кабинеты – полторы минуты. Я бы и обратно так ушел, но ты, боюсь, не потянешь.

– А как уходить?

– Мы в магазин не заходили, не светились, какие там замки изнутри, не знаем. Но все продавцы уходят через входную дверь. Наверное, ключ от нее у каждого охранника или вообще в двери торчит после закрытия. Но лучше в окно, как и пришли.

– Что ты гонишь, сявка?! Чтобы два скокаря не отомкнули паршивую стеклянную дверь?

Пахомыч примирительно похлопал Жердя по руке:

– Я заходил, в среду еще, без Генки. Какие замки там – не скажу, но что и где – разобрался. Кабинет охраны – на первом этаже у самой двери, как войдешь – слева. Там и окошко внутреннее – за дверью смотреть. «Медведь», наверное, у бухгалтеров – на втором этаже в другом торце, который смотрит на Ленинский. От директорской – через второй торговый зал пройти к отгородкам, где покупателей оформляют, и там дверь в стене справа – «бухгалтерия». Директорский отсек не видел, но мы на него из хазы все глаза проглядели вчера. Там три кабинета вдоль торца: первый, не знаю чей, там свет не горел, второй – директора, с предбанником для секретарши, третий – какого-то мужика кудрявого, всё шнырял перед закрытием туда-сюда.

– Нарисуй-ка, Пахомыч, мне всё это. Форт, школьничек ты наш, бумажку дай!

Жердь, наморщив лоб, внимательно следил за тем, как рисовал Пахомыч. Я почувствовал, что он понемногу сдается – уж больно все получалось красиво. Потом он достал сигареты и пошел курить минут на пять. Зная, что кипиш у мусоров – не фуфло, я взмолился шепотом:

– Пахомыч, миленький, не дай ему сорваться! Мне без Ферзя не выжить!

– Не бзди, Генка, прорвемся!

Жердь вернулся, вздохнул и говорит.

– Ладно. Вот как будет. На точку едем все. Пахомыч ставит фургон, мы с Коляном входим в окно. Если что не так – лезешь ты, шкет. И идешь открывать нам дверь. Тогда тебе десятая доля. Если сами войдем, ты свободен, и не в доле, конечно. За наводку – половина ваша, при любом раскладе. Рвите, как хотите. Пахомыч, ждешь нас и отвозишь, куда скажу в Москве, хошь на фургоне, хошь – на чем хошь.

– Нет, так не будет, Жердь. Форт не при делах. Я фургон пригоняю, ставлю и ухожу. А во дворе – вон жигулёнка этого для вас приколю, бросишь потом, где хочешь, всё одно паленый! Наша доля – половина.

– В очке мандраж? Ну ладно, можно и так. –

неожиданно легко согласился Жердь:

– Ключики-то к нему есть? Я в армии самосвалом рулил, с этой-то носопыркой подавно справлюсь.

– Ключик найду, только в замке не оставляй.

– Долю вашу пришлю Ферзю, вместе с отстегом в общак. Ему верите?

– Так его ж взяли...

– Как взяли, так и выпустят. А не выпустят – другой-кто при общаке остался. Через него тогда.

– По рукам! –

также неожиданно согласился Пахомыч, потом нахмурился:

– Я – не в законе. Но здесь Гена Форт – за Ферзя. Повторяй тему.

– Пахомыч ставит «лесенку», мы с Коляном берем медведя, Пахомыч ставит тачку на отход. Мы с Коляном уходим с концами. Пахомычу – половина. Навар – через держателя общака, срок – месяц. Я сказал, ты слышал.

– Ты сказал, я слышал.

Пахомыч полез в кабину за ключиком, а я — руки в брюки – покинул «большую терку» и пулей полетел к матери в магазин.

23. Отмазка перед скоком

Ко входу в винный протянулась длинная очередь нетерпеливых мужиков. Праздники – на горизонте. У самого входа дежурила пара дружинников, пускали группками по 10, видно, такая теперь мода в советской торговле. Я продираться не стал – невдалеке, открыв дверцы «желтого ангела», скучал патруль. У входа мужики делились сведениями:

– Говорят, там всего 15 ящиков осталось...

– Ну да, и больше двух в руки не отпускают...

– А Стрелецкая?

– На Стрелецкую «коммунизм»...

– Райка обещала, к пяти еще подвезут...

– Генка, подвезут, не знаешь?

Я пожал плечами.

Конечно же, подвезут. В дни получки грузовики идут с водочных заводов непрерывным потоком. Я тихонько промылился в магазин с очередной группой – мужики пропустили легко, а дружинники возбухать не стали.

– Генка, вставай на посуду!

Я как обычно подлез под доску и – за прилавок. В подсобке орудовал грузчик. Надеваю халат, шепчу матери:

– Не светиться бы мне в зале, там менты почти у дверей.

– Ну, иди, таксистов отпусти, только русскую – по пять в руки, за 17.

Выхожу через служебный, пара такси аж загнана во двор, но водительские дверцы открыты, а рядом стоят еще парни и ведут бесконечные беседы. Увидев меня, пришли в возбуждение, замахали призывно руками. Подхожу.

– Ребята, сегодня швах, сами видите. Отпускаю только русскую, по три сорок.

– Мне пять.

– Мне десяток.

– Пять штук.

Собираю сумки:

– Готовьте, чтоб без сдачи!

Отпустив человек восемь ночных контрабандистов, возвращаюсь к матери.

– Толик, постой за меня пять минуток, –

кричит грузчику мать и заходит ко мне в подсобку.

– Я тебя со вчера не видела, где тебя носит?

– Случилось чего?

– Вчера я на родительском собрании была, в школе вашей...

– И как тебе в школе, понравилось?

– Не дерзи! У Ксанки хорошо. Хвалили ее, вот физкультура только…

– Ну да, где ж ей бегать с ее дыхалкой, подумаем, что делать.

– И тебя, поверишь ли, хвалили. Математик ваш при всех сказал – талант у тебя.

– Да ну, не верь! А литераторша?

– И эта хвалила. Память, говорит, и чувство поэзии, в кого бы это, интересно? А уж физрук-то специально прибежал, уж так распинался: чемпионом, говорит, будешь!

Мать вдруг всхлипнула.

– Не думала, что радость такая на мою долю выпадет, что выправляться начнешь.

– Да, вот только английский…

– И с ней побалакала. Милая барышня. Я уж марку тебе держала, повздыхала, мол, ни одной юбки не пропускаешь, пусть знает наших!

– Ты что, зачем?! Все испортила! Теперь не отмажусь…

– Ничего, задаваться меньше будет! «Произношение пока не поставлено»! –

передразнила мамаша и улыбнулась.

Вот так, стоит только рот открыть. Ни за что, ни про что ославили на всю Ивановскую.

– Ма, ты завтра выходная?

– Да, а что?

– Может завтра к тете Марусе? А то в праздники ж не выберемся, а я уже выть хочу от этой коммуналки. Я там по хозяйству что поправлю, а Ксанка по лесу побегает!

Мать пристально смотрит на меня. Когда она в «завязке», провести ее трудно.

– Ну да, да, да! Кипиш в городе, мне бы на дне пару дней отлежаться.

– Тебя ищут?

– Нет, не меня, всех ищут. А я совсем не при делах, честное слово!

– Ладно, катись, приду домой – поговорим.

– Нет, давай сейчас!

     …И АНГЕЛА БЕСПЛОТНЫЙ ПОЦЕЛУЙ

Сбегала к начальству, вернулась довольная – есть отгул на понедельник, завтра едем! И я понесся домой.

Дома перекусили с Ксанкой, я проверил ее дневник, усадил за уроки. И сам было сел позаниматься (география, химия, английский), но вспомнив о завтрашнем грядущем прогуле, решил расслабиться. Пошел к Никанорычу, попросился в кресло, он сам кропал свое за письменным столом, и открыл «Одиссею капитана Блада» Книжка – трудно оторваться, хотя и не такая забавная как «Капитан Сорви-голова». Очнулся, только когда начало темнеть – ого, дело к шести! Я по-быстрому слинял на улицу.

* * *

К Пахомычу я постучал, будучи уже с оснасткой. Зеленого жигуленка в гараже не было, а Пахомыч заканчивал ключики от нашего вчерашнего убежища.

– Как вы с Жердем условились?

– Они собирались подвалить туда к полдвенадцатому. Я обещал, что фургон будет на месте.

– А фургон будет на месте?

– Обижаешь! Я уже жигуля во двор откатил, прикантовал. А ГАЗон этот в другом дворе за четыре квартала от точки прописан. Его подручный мой пасет уж неделю, так вот: какой-то старшина на нем рассекает, с утра и до обеда только. И сейчас он уже на приколе.

– Пахомыч, нам бы опять на хазу, сейчас, к закрытию.

– Зачем это?

– Вдруг что не так сегодня пойдет, предупредить нужно будет, а то потом не отмоемся.

– Мы уже не в деле. Решил свою жопу бесплатно подставлять?

– Боюсь я эту падлу. Продаст не за грош. Лучше бы уж захапал бабки и свалил отсюда! Поедем, Пахомыч, все равно туда ехать – тебе фургон ставить, мне – ключи от хазы отвозить. Присмотрим и спать будем спокойней.

– Уговорил, речистый! Погнали!

24. Чужой скок

23:10. Я на хазе один, сижу «на вахте» с биноклем. Пахомыч полчаса, как ушел за фургоном. До того мы честно оттрубили с ним еще целый вечер разведки – все прошло без неожиданностей. И инкассаторов опять не было!

23:15. Только что погас фонарик охранника около входной двери – зачем-то он выглядывал на улицу. Медленно покачиваясь, к торцу мебельного подкатывает какой-то нелепый грузовичок, небольшой, но с каким-то высоченным «курятником» на кузове. Кажется, что вся конструкция обязательно завалится на первом же повороте. Пахомыч мастерски ставит «курятник» к самой стене, глушит мотор, выпрыгивает из кабины, оглядывается и спешит во двор. Перехожу из комнаты в комнату, отслеживая его путь. Вон, заходит в подъезд, иду ждать его в холл. Ну вот, лифт с Пахомычем прогрохотал на восьмой. Надеюсь, все это в последний раз. Осторожное постукивание – впускаю Пахомыча, сую ему бахилы.

23:25. Мы с биноклем у окна, все спокойно. Пахомыч устанавливает фотик на треногу.

23:35. Две фигуры в спортивных куртках и лыжных шапочках спокойно подходят к «курятнику». Пахомыч щелкает. Оглядевшись, они с разных сторон залезают в кабину. Суки! Кто их туда приглашал?!

23:36. Вылезли, тихонько закрыли дверцы, лезут наверх: подножка – капот – крыша кабины – крыша фургона. Фигура повыше роется в спортивной сумке через плечо, достает фомку – маленький ломик с плоским раздвоенным концом. Пахомыч щелкает. Верхний край окна у его плеча, фигура пониже освещает оконную раму фонариком. Аккуратно поддетая фомкой фрамуга медленно открывается. Очевидно, зазор недостаточный, фрамуга упирается в кузов. Ребята, посовещавшись, аккуратно вдавливают ее назад, один ложится на крышу, другой спрыгивает на капот и лезет в кабину за баранку. Пахомыч с досадой крякает – не рассчитал. Заработал мотор, зажглись фары. Фургон трогается, отъезжает, пятится назад и встает, но уже на полметра дальше от стены. Мотор глохнет, свет гаснет, Жердь снова лезет на фургон. Пахомыч щелкает.

23:43. Фрамуга открыта во всю ширь, Жердь подсаживает своего Коляна, тот, как при прыжке в высоту, заваливается за фрамугу и падает в комнату. Пахомыч щелкает. Жердь лезет вслед тем же манером.

23:45. Ребята – в предбаннике кабинета директора, зажигается свет, они работают над дверным замком наружу. Пахомыч щелкает.

23:49. Замок открыт, Жердь идет из предбанника внутрь магазина. Колян заходит в кабинет директора и зажигает свет. Подходит к полкам, достает из-за пазухи завертку с инструментом. Начинает «колдовать» над железным ящиком.

23:54. Колян открывает директорский сейфик! Быстро он!.. Сразу берет большой ключ, сует в карман и с интересом перебирает остальное содержимое железного ящика. Достает с верхней полки конверт, заглядывает в него и прячет во внутренний карман куртки.

– И этот крысятничает! –
восторгается Пахомыч и щелкает.
Одним конвертом дело не ограничивается, Колян выгребает их целую кучу, складывает в солидную стопку и прячет вместе с первым. Гасит свет, возвращается в предбанник.

00:03. В предбанник возвращается Жердь. Колян показывает большой ключ, и ребята спокойно выходят.

– Пахомыч, Жердь успокоил охрану! В двенадцать обход, а они и не думали ховаться!

00:15. У входной двери замелькал фонарик, затем дверь открылась, и воры спокойно вышли. Пахомыч щелкнул и это. Колян запер за собой входную дверь и положил ключ в сумку, которую нес через плечо. Ребята направились во двор. Мы с Пахомычем быстро перебегаем из гостиной в детскую, затем на кухню, следя за перемещением друзей. Вот обогнули дом, вошли во двор, Пахомыч торопливо ставит треногу у окна на кухне. Во дворе – ни души, оба идут мимо «нашего» подъезда, Жердь наклоняется завязать шнурок, Колян, полуобернувшись, ждет его. Жердь поднимается. Пахомыч установил треногу и щелкает.

00:17. Идут дальше, Колян впереди, Жердь догоняет и вдруг, схватив друга за волосы, одним махом… перерезает ему глотку. Мы так и застыли, открыв рты! Все это произошло абсолютно бесшумно! Жердь бросил нож, зажал жертве рот, подержал, пока тело не обмякло, положил на землю, поднял нож, двумя движениями обтер его о Коляна и сунул в карман. Пахомыч будто очнулся, стал щелкать, не останавливаясь. Жердь отбросил упавшую сумку на газон, приподнял неподвижное тело за подмышки и быстро потащил его в «наш» подъезд.

00:19. Жердь вышел из подъезда, еще раз оглянулся, подошел к луже и поводил в ней ладонями. Пахомыч машинально щелкнул. Жердь подобрал сумку с газона и быстро пошел к приготовленной для него тачке.

00:20. Перед тем как сесть в машину, Жердь повернулся к дому и помахал рукой, наверное, нам. Пахомыч щелкнул в последний раз. Заработал мотор, зажглись фары, жигуленок вывернул на узкую дорожку вдоль подъездов, а Жердя и след простыл…

* * *

00:21 Первое потрясение прошло, я посмотрел на Пахомыча. Он, ссутулившись, стоял у окна, губы его мелко дрожали. Я встал напротив него и как можно четче сказал.

– Пахомыч, мы в опасности. Соберись!

Он посмотрел на меня совершенно бессмысленным взглядом и тяжело опустился на кухонную табуретку.

– Пахомыч, глубоко дышим. Делай как я!

Я сделал медленный глубокий вдох и еще более медленный выдох, как нас учил Григорич на гимнастике. Я подбодрил

  …И АНГЕЛА БЕСПЛОТНЫЙ ПОЦЕЛУЙ

жестом Пахомыча, и он начал повторять вдохи-выдохи за мной. С лица сошла бледность, и взгляд начал оживать.

Я продолжал глубоко дышать и старался как-то собраться с мыслями. Главное – подавить панику и не дергаться. Ну, подумаешь, один жмурик. Два скока, один жмурик. И вдруг как накатит: МОЖНО ЖЕ НА НЕГО СПИСАТЬ И ДВА СКОКА – ЖМУРИКА НЕ НАКАЖУТ!

– Сергей Пахомович, где стоит твоя «Волга»?

– Да, «волжанка» в соседнем дворе, поехали отсюда поскорее!

И он вскочил, чтобы бежать, но я жестом притормозил его.

– Пахомыч, слушай меня внимательно: мы только что стали соучастниками убийства при отягчающих. Если мы хотим жить, мы должны уйти отсюда, не оставив следов. Понимаешь?

– Ну да, ты учил, спускаться только по лестнице... подгоню к подъезду...

– Пахомыч, надо отогнать отсюда фургон! Ты в нем наверняка наследил. Эксперты убойного тебя найдут.

– Да как же, там этот валяется, его в любой момент обнаружат!

У подельника дрожат руки, в глазах паника.

– Пахомыч, соберись. Три глубоких вдоха, начали!

...

– Ты сейчас спускаешься, садишься в «волжанку» и отгоняешь ее во двор, туда, где стоял фургон, и возвращаешься сюда пешком. Я буду ждать тебя в кабине фургона. Если здесь будет что-то не так, уходи к своей тачке, уезжай и молись. Сколько тебе нужно времени, чтобы обернуться?

– Сейчас-сейчас: спуститься, дойти до двора и доехать – минуты четыре, и обратно, пешком – минут 20.

– Я подчищаю все здесь, запираю, выхожу, чищу фургон, и жду тебя. Не торопись и не бойся. На выход!

25. Фарт вернулся!

00:29. Мы в прихожей, я убеждаюсь, что все три комплекта ключей от хазы – два исходных и пахомычев – остались со мной, снимаю с Пахомыча бахилы, тихо открываю дверь, он уходит. Держится уже неплохо, рад, наверное, сбежать отсюда...

00:30. Будем считать – у меня 25 минут, они самые важные сейчас в моей новой жизни. На хазу – 5 минут, на Коляна – 3, на мебельный – 10 и 3 – на фургон; итого 21, В запасе 4. Начали!

Надеть перчатки. Обойти хазу:

в кухне – фотик и треногу – в мой ранец,
в гостиной – бинокль, туда же,
в спальне не были, пропускаем,
в детской...

В голове, как живое, завертелось колесико от старинного сейфа моей сберкассы. Я включил свет в детской, надел перчатки, подсел к столу, достал из стола тетрадку и карандаш. Открыл первую страничку и сверху мелко печатными цифрами, стараясь не нажимать, написал:

+ 48 – 17 + 33 – 50 + 8

приложил линейку, оторвал, смял и скатал в комочек. Оторвал еще кусочек бумаги, сделал из него маленький кулек, завернул комочек в него и убрал в карман. Вырвал изорванный лист, убрал тетрадь и карандаш на место. Свет, дверь. Три минуты. Остается всего две:

в кухне – протереть стакан и стол, свет, штора, дверь.
в туалете – спустить воду.
в прихожей – снять и убрать бахилы, весь мусор – в ранец,
Пахомычевы ключи, свет, выходим.

00:36 Дефицит времени у меня – 1 минута. Запираем дверь. Нижний замок – в ажуре, верхний, один оборот – в ажуре, средний – черт! Ключ не работает – облажался Пахомыч. Уходим? Нет, сделаем так: отпираем верхний замок, отпираем нижний, заходим. Выкручиваем нужный ключ со второй связки, заменяем на пахомычев, связку на крючок. Выходим: нижний – в ажуре, верхний – в ажуре, средний, два оборота – в ажуре. Замки протереть. Теперь вниз и... самое страшное.

00:39. Коляна Жердь бросил на лестнице у двери в подвал

– он лежал на животе, вниз головой, а еще ниже, издавая одуряюще тошнотворный запах, расплылась лужа крови. Подхожу, переворачиваю тело на спину, боже, как заныло плечо! Вся его куртка спереди в крови. Аккуратно, стараясь не замазаться, лезу во внутренний карман пиджака и извлекаю пачку конвертов. Все – в ранец. Теперь, главное. Ощупываю карманы брюк. Ни фига себе! Большой сейфовый ключ! Сувенир, что ли? Машинально, не думая, сую его к себе в карман, слева на его брюках нахожу маленький кармашек-пистончик. Черт, не удобно – не подлезть! О, на пиджаке под курткой есть внешний кармашек на груди, он весь в крови… а, не важно... достаю кулек, раздвигаю окровавленный кармашек пиджака, вытряхиваю туда из кулька комочек записки с цифрами. Переворачиваю тело на живот, прислушиваюсь – тишина – встаю – снимаю перчатки – выхожу из подъезда. На улице дождь, никого нет, господи, какое счастье! Прощай, злосчастный двор! Я быстро иду к фургону.

* * *

00:48. У меня 5-10 минут. То, что я задумал, делать необязательно, но какой-то азарт настойчиво подталкивал меня к авантюре. Вздохнув, лезу на крышу фургона. В предбаннике остался гореть свет, на столе секретарши все убрано. Снимаю ранец, оставляю на крыше. Лезу на фрамугу, теперь – только бы спрыгнуть на ноги! Фу-ух, получилось – плечо я спас. Натягиваю снова перчатку на правую руку, выдвигаю полностью центральный ящик стола тетки-с-бабеттой и ставлю на стол. Вот где бардак-то! Ворошу весь этот женско-канцелярский хлам. Опа, ключик!
Кабинет директора не заперт. Вхожу, включаю свет и к сейфику – он открыт и распотрошен, достаю большой ключ и ветошь, протираю, кладу ключ в сейфик на место, закрываю дверцу верхнего «взяткохранилища», полный ажур, закрываю дверцу сейфа и запираю найденным ключом! Протираю сейфик.

Ну, теперь все, двигаюсь назад: выключить свет, выйти из кабинета, запереть дверь в кабинет директора, ключ оставить в скважине, протереть. Стол секретарши: протереть ключ от сейфика, бросить его в ящик, ящик – на место в стол, ой, блин, тяжелый! Чуть наклонить вниз, всё, в пазах, закрыли, все, ажур! Погасить последний свет.

Теперь самое трудное – вылезти из окна с больным плечом. Встаю на секретаршин стол, тянусь к верхней кромке фрамуги (ой, как больно!), голова уже перевесилась на улицу, сползаю на животе. Черт, до крыши «курятника» не достаю, с кувырком прыгаю прямо на землю, отбиваю пятки.

Снова лезу на крышу «курятника». Теперь – самое главное. Немного разбежавшись по крыше фургона, бросаюсь с вытянутыми руками на открытую фрамугу. Та с треском захлопывается, а я опять лечу на землю. И снова лезть на крышу – за ранцем!

00:58. Сижу в кабине «курятника». Ну, куда там Пахомыч запропастился? Я уже протер все рулевые причиндалы, осмотрел кабину, нашел Пахомычеву кепку на полу, а так все вроде чисто.

1:03. Ну, наконец-то! Пахомыч забирается в кабину, захлопывает дверцу и начинает искать ключик за щитком от солнца. Нету ключика, приехали! Лезу за фонариком, Пахомыч судорожно ощупывает пол кабины.

– Искрой заведешь?

– А на кой тогда вообще ее гнать – ясно же теперь, что ее брали!

– Отгоним подальше, оставим как есть, решат, что кто-то просто взял покататься.

– Фарт ушел...

Пахомыч полез под щиток доставать на свет божий провода от зажигания. Я посветил ему фонариком, в луче которого блеснул ключ, оставленный грабителями просто в замке зажигания!

– Фарт вернулся! –

усмехнулся я, когда, выругавшись, Пахомыч завел мотор. Медленно, стараясь не разбрызгивать лужи, «курятник» шествовал к своему домашнему стойлу. Я почти сполз на пол, чтобы не светиться в кабине. Пятки после двух приземлений очень болели, плечо давало о себе знать от любой встряски на московских колдобинах. Ну, последнее усилие, надо еще раз все проверить и подбодрить Пахомыча.

26. Отход

1:10. Пахомыч трясет меня за плечо:

– Вылезай, приехали!

Впереди в свете фар я разглядел задок «волжанки».

– Здесь ГАЗон бросаешь?

– Нет, в соседнем дворе, поскучай чуток, я быстро!

– Заднюю дверцу мне открой, и на вот ветошь, протрешь все за собой.

«Курятник» укатил, а я, на заднем сидении, в темноте, почти наощупь начал потрошить свой ранец:

бинокль, тренога и фотик – под сиденье впереди,

не забыть сказать Пахомычу,

ключи от хазы – в бахилу, приспособленную под мусор,

все бумажки из карманов – туда же,

фонарик, он может еще пригодиться –

на сидение к Пахомычу.

Всё! Остальное – моя арматура.

Так, теперь главное…

Когда Пахомыч забрался на сиденье и захлопнул дверцу, все конверты из моей добычи были смяты и лежали в мусорной бахиле, а купюры из них – сложены в пачку.

– Зажги-ка свет, –

попросил я и начал считать и раскладывать купюры на переднем пассажирском сидении.

– И ты крысятничал!

– И даже со жмурика... А что делать? Оставлять никак нельзя.

Денег оказалось на удивление прилично – 4250 рублей. Отсчитал себе две тысячи, остальные сую Пахомычу:

– У тебя еще расходы были – бензин, фотографии.

– Ладно, потом сочтемся.

– Да, кстати, тебя сейчас со всем этим приключением связывают три вещи: зеленый жигуль, фотографии и ключи от хазы. Ну, еще вот это: я протягиваю ему его замасленную кепку, которую он забыл, а я нашел в кабине «курятника».

– Поэтому, сразу избавься от фотографий и попроси своих шестерок поискать жигуль вокруг ближайших станций метро. Жердь на колесах далеко ехать не рискнет. Ну, что, тронулись?

Мы медленно вырулили и покатили по направлению к Ленинскому.

– А с ключами от хазы что?

– Вот они, для помойки приготовлены. Но я думаю, может, спрятать их у тебя в гараже на месяцок-другой, мало ли что еще выплывет с этим проклятым мебельным.

– Давай. А на тебя какие зацепки?

– Те же ключики. Но, вряд ли все-таки хаза вскроется – заперта крепко, ничего не пропало, разве что собачки от жмурика приведут, или мусора у соседей про шум вызнают, когда подъезд трясти начнут.

Я все-таки немного встревожился.

– Да. Но хуже, что пальчики с моей левой руки остались на фрамуге в мебельном. Если прочухают, как входили, мне каюк.

Про комочек, подброшенный Коляну, я, естественно, говорить не стал.

– Ну все, этот гандон допрыгался! Если долю не пришлет, сдаем его к чертовой матери. С фотками – хрен отвертится.

– Пахомыч, окстись, какие фотки! Мы же сами с ними засветимся по полной.

– Ты про мусоров? Не, они его и так вычислят – в магазине он наверняка наследил, неизвестно, кстати, что там с охраной. А снимки я блатным солью – он за навар мочканул напарника на скоке, такое не прощают. А от фоток не отболтается, падаль!

Мы уже неслись по проспекту, как Пахомыч вдруг затормозил и стал прижиматься к краю:

– Черт, гаишник! Скройся-ка за сиденьем, –

и полез в бардачок за бумагами, вынул их и вышел разговаривать. Я на всякий случай совсем сполз на пол, стянул тряпку, постеленную на заднее сиденье, и прикрылся ею, как мог.

Дверь открывается, и Пахомыч, залезая, говорит громко:

— Конечно, командир, садитесь, вмиг доставлю!

Открывает переднюю пассажирскую дверь. Я затаился, ничего не вижу.

Усевшийся гаишник говорит проникновенно:

— Спасибо, друг, там, на кольце, товарищу с поста отъехать надо, попросил подменить.

— А-а-а, ну-ну...

— А вы чего так поздно, калымите, небось?

— Да что вы, командир, я только смену оттрубил, накалымился — во! В восьмом таксопарке я. А щас я во «Внучку» свояка отвозил, ему на поздний рейс, в Сыктывкар.

— А-а, понятно.

Помолчали, гаишник щелкает зажигалкой, я в ужасе, тихонько зажимаю нос и ртом стараюсь дышать пореже. Закашляюсь — пиздец нашим приключениям, а еще растление малолетних Пахомычу для полноты картины впаяют!

— Окошко приоткройте чуток!

Два поворота ручки и живительная струя воздуха спасает нас от провала.

— Справа на газоне у стеклянной будки прижмитесь. Спасибо большое, не забуду. Счастливо!

Мы отъезжаем, я шумно выпускаю воздух из легких.

— Что, тряслось очко?

— Да за тебя, больше.

— ???

— В полвторого ночи, с чужим несовершеннолетним мальчиком, спрятанном на заднем сиденье, тебе не икалось?

Пахомыч мотает головой:

— Ну и ночка выдалась!

По кольцу подъезжаем к Зубовской.

— Перед разворотом заверни во двор какой-нибудь, к помойке. Ты есть хочешь? Ну, тогда заедь в «Зеленый Огонек» свой и возьми кофе с булочкой, тебе калымить всю ночь.

– Да зачем еще? У меня до сих пор вон руки дрожат.

– Отмазка! Запоминай всех пассажиров и адреса. Если во Внуково попросят, вези, не отказывай, и посмотри что там и как.

– Понял. Тебе бы, Генка, в шпионы! Ну, вон помойка, беги, выбрасывай.

Подъезжаем к моему дому. Пахомыч посерьезнел и говорит.

– Дай скажу что-то. Чтобы нам вразнобой не петь. Для ментов: мы ничего не знаем. Я калымил, ты уезжал. Все. Для своих: мы не в деле, Жердь на дело звал. Ферзь отпал, мы соскочили. Про навар месяц молчим. Я сказал.

– Я слышал, все так. Ну, пойду, Пахомыч, бывай! Не скучай без меня – нам вместе светиться некстати теперь. Если что, мамаше шепни, я приду. Да, бинокль и фотик – под сиденьем у тебя.

Я – шасть в подвальное окошко Красного уголка. И там все мое добро надолго «успокоилось» в заветной трубе.

27. Опасный визит

Проснувшись утром, как обычно рано, я почувствовал, что должен пойти в зал. Плечо немного ныло, но я чувствовал себя вполне бодро. Просто, что делать дальше, я не понимал. В конце концов, решился, собрался и бужу мать:

– Слушай, я все-таки в школьный зал схожу. Вы поезжайте с Ксанкой, а у меня еще небольшое дельце, а потом я на электричку и сразу во Внуково!

– Участковый вчера заходил, я сказала, что ты уже к родне за город уехал. Смотри не нарвись. До Маруси сам доберешься? Дорогу не забыл?

– Доберусь, доберусь, купи Марусе чего-нибудь, я-то пустой приеду.

Я первый раз пришел в школу в воскресенье. Все заперто, никого нет. Пришлось опять лезть через окошко. В коридорах как-то гулко, в зале темно.

Повисел на шведской стенке – больно. Любое усилие на

руки и корпус отдавали в плечо. Так что только приседал и бегал, приседал и бегал. Но кайф не приходил. В конце концов, я, как Мотя уселся на маты, скрестил ноги, и постарался расслабиться и дышать. Кайфа не было, но мысли упорядочились. Я не мог понять, зачем вчера я так лез на рожон. После взятия сберкассы я все время ждал от ментов какой-то реакции, а когда она – только вчера – появилась, я дал волю накопившимся страхам. И сейчас наступило успокоение – я поймал случай и перевел стрелку с себя на другого. При этом никого не подставил – жмурика-то не накажешь. Ферзь отмазан по полной – скок на мебельный получился точь-в-точь, как моя сберкасса – непонятно как вошли, непонятно как вскрыли медведя, да и ушли, не скрываясь. И бумажный комочек – только бы нашли его – он все подтвердит. Теперь осталось переждать, пока все войдет в свои берега и уляжется. И тут вдруг пришло: НАДО ПЕРЕПРЯТАТЬ ДЕНЬГИ!

* * *

Еду к тетке Марусе во Внуково. Сижу в Нарской электричке и с тоской смотрю в окно. С погодкой не приперло – дождь не прекращается.

Москва Сортировочная: ...Следующая – «Матвеевская-Ферзево». Упредить бы Ферзя, а то весь МУР на него насел, небось, колют, покупают. Вдруг разведут на что? Не мне, козявке, судить, конечно, но по-хорошему надо бы маляву кинуть или «шапире» шепнуть, а там – сам, как знает!

Матвеевская: ...Выходим!

* * *

Подхожу к Ферзеву домику. Так, гараж заперт, во дворе никого. Я – через оградку, как обычно, иду к дому. Как на крыльцо ступил, слышу свист. Останавливаюсь, оглядываюсь – никого. Делаю шаг – еще свисток, короткий. Делать нечего – ложусь на живот, руки за голову. Лежу.

– А-а Генка, привет! Лежи-лежи...

В приветливом голосе Атоса звенит какая-то такая нотка, что хочется оказаться далеко-далеко отсюда. Быстро охлопав мою тщедушную тушку, он отступает на шаг.

— Вставай теперь, ранец открой.

Бегло взглянув на мои пеналы и учебники, жестом приглашает меня за собой в дом. Пропускает в дверь, на пороге быстро оглядывается, застывает, на секунду прислушиваясь, машет рукой куда-то в пространство и закрывает дверь.

— Ферзя взяли...

Прозвучало у меня как полувопрос. Атос сидел напротив меня, с открытым безразличным лицом, от которого очень хотелось спрятаться под землю. Глубоко-глубоко.

— Кто напел?

— Жердь. На дело вчера припахивал. Но раз без Ферзя — я соскочил.

— И чего?

— Базарил он: тяжелое Ферзю шьют, и кипиш вокруг, вяжут всех.

— И чего? Вот и лежал бы тихо!

Разговор не получался. Атос спокойно сидел и ждал, не раскрывая никаких карт. Ох, напрасно, напрасно я здесь!

— Жердь, это, базарил — есть у него кореш на тот скок — ну, заместо Ферзя. И что без этого скока ему никак — дергать он отсюда хочет, ищут его.

— Ты, Генка, не виляй. Говори толком, ты здесь чего?

— Атос, они на скок ходили. С корешем этим.

— Ты сам-то соскочил. Кто напел?

Всё. Пора головой в прорубь!

— Никто, я с точки сейчас, мебельный на Ленинском. Кипиш там. Ментов — тьма! Этот скок — Ферзю отмазка!

— Сиди тихо.

Атос легко поднялся и направился внутрь дома. Я сидел, не шевелясь, не в силах даже заставить себя вздохнуть поглубже. У меня было такое чувство, как будто кобра, не дослушав мелодии заклинателя змей, отползла куда-то в угол и вот-вот приползет назад. Прошла вечность, прежде чем Атос вернулся. На лице его в первый раз отражалось нечто человеческое — удивление, озадаченность и раздражение.

– Налет на мебельный. Увели почти сто косых. Два охранника в морге. Еще какой-то жмур от мебельного неподалеку. Там весь МУР сейчас и половина прокуратуры.

– А Жердь? Ушел?

– У меня что, следак на докладе?! Это – все что нарыл.

– Как Ферзь? Отпустят?

– Подождем. Но надо «шапире» шепнуть, ты прав. Пусть права качнет. И Ферзя остеречь.

– Сделаешь, я пойду тогда.

Атос заговорил жестко, но от сердца у меня уже отлегло.

– Что-то ты темнишь, парень. Знаешь лишнее. Ферзь сказал тебе: в плохом месте ходишь! Фуфла ты не нес, и я Ферзю скажу, что ты помог. Но теперь закройся и сиди тихо, кому хоть слово про все это – я найду, ты знаешь. Сюда больше ни ногой, пока не позову. Ты услышал!

Он открыл мне дверь, кивнул невидимым сторожам, и я, будто заново родившись, поскакал на станцию.

* * *

Долго ждал поезда под навесом. Понял, что про вчерашнее лучше не вспоминать, а еще лучше – вообще забыть. Мне хотелось не просто лечь на дно, а забраться под большой тяжелый камень и никак оттуда не булькать. Ну, вот и мой поезд – Апрелевская электричка.

Матвеевское: ...с погодкой не приперло – дождь не прекращается. И снова приходит зудящее беспокойство: сейчас все уляжется, и надо бы денежки перепрятать. Понимаю, что пустой это страх, паранойя называется, что, куда бы ни сховал, никуда этот страх не денется, разве что только зарыть глубоко. Да-а, зароешь, а потребуется – как быть? Да и зарыть-то где? Далеко-далеко в лесу? А как туда понесешь? И как потом отыщешь? А с лопатой как идти, приметят тебя, да проследят...

Очаково: ...И бумажки, в земле зарытые, промокнут, сгниют, никто не возьмет потом. Может, все-таки на чердаке оставить? А если пожар? Или крыша потечет - ремонтировать придут – найдут. И не налазишься туда – засекут, начнут искать. Вот уж не было печали...

Солнечная: ...А если в подвале, в углу моем? Да, там тоже как-то шатко, не моё же место – шмыгаю туда украдкой, рано или поздно прищучат. Там и народу рядом полно всегда – и будет сердце болеть каждый день. «Хорошо тому живется, у кого одна нога», блин!

Переделкино: ...Как ни спрячь, всюду так на так. Я чувствовал, что решение есть и крутится где-то рядом. Что важно? Чтобы надежно, чтобы удобно и чтобы чувствовать себя спокойно. Но все вместе не удается... Ах, вот дурак! Надо денежки в несколько мест разбросать! И сразу стало спокойнее, а голова заработала как мотор Пахомычевой «волжанки».

Главный куш, 200 штук – запаковать герметично и зарыть. Обращаться раз в год, не чаще – проверять и брать на текущие расходы. Если потеряется – полный облом и вообще капец.

Текущие расходы, 30 штук – держать в «углу» или заделать новую ухоронку на том же чердаке или где поблизости. Доступ – раз в месяц-полтора, брать или просто проверять. Если потеряется – облом, но не смертельно.

Заначка – 1-2 штуки. Всегда под рукой. Сконстролить что-нибудь для них дома или в школе. Потерять – почти не жалко.

Мичуринец: ...Мне сходить на следующей. Станция нежилая, сошли вон трое всего. А лес тут хороший, лыжники зимой сюда приезжать любят. Неожиданно в голове, теплой волной – ЗДЕСЬ И ЗАРЫТЬ!!! Электричка уже полный ход набрала, а несется всё по лесу и домов не видно. Я же тут рядом, завтра приду сюда – погуляю, посмотрю.

Внуково: ...Приехали. Выхожу. До тети Маруси – минут десять пешкодралом. Чувство такое, будто слона родил. «На железной дороге» – хорошо!

28. Геометрический кайф

Нагулялись мы с Ксанкой по Марусиному двору «по самое не хочу». Сначала я заменил истлевшие веревки на длинных качелях и восторженный визг взлетающей вверх Ксанки слышен был аж на самой станции! Потом я колол дрова, а она складывала их в поленницу. Потом заморосил дождь, и мы со двора убежали. Потом книжки старые детские на чердаке листали, а после ужина, наевшись до отвала сибирских пельменей, Ксанка, наглотавшаяся кислорода, заснула прямо за столом.

В понедельник, в 6 утра выхожу на пробежку. Вдоль железной дороги – тропинка обходчика, бегу по ней назад – к Москве. Поездов нет, людей тоже. После поселка вокруг становится как-то неприглядно, свалки мусора, овраги, какие-то сараи. Но полотно ЖД – в хорошем состоянии – бетонные шпалы, не проржавевшие еще рельсы, аккуратная насыпь. Интересно, часто ли устраивают ремонт полотна? Все выглядит так солидно, кажется, лет десять можно пользоваться....

Прогрохотали две электрички – туда и обратно. Я остановился перевести дух и уставился на щебенку на насыпи. А что, если?.. Аккуратно насыпанные кучей небольшие булыжнички, диаметром сантиметра три, скорее круглые, чем плоские, с очень неровной поверхностью. Слежались очень плотно. Я поднял один, другой... сверху желтоватый грязный налет, внизу – беленькие... Копать их, наверное, дико неудобно – лопатой не зачерпнешь, ломом не откинешь. Поэтому и мысль, что там что-то закопано, никому в голову не придет. Есть смысл попробовать и зарыть в эту насыпь что-нибудь.

Побежал дальше, к тихой станции Мичуринец. Вот уже позади последний овраг, лес подступает к полотну с обеих сторон, до платформы – еще примерно километр. Вокруг глушь, ни жилья, ни дорог, даже странно – в двух шагах от столицы и так пустынно. Ладно, попробую здесь.

Еще электричка – из Москвы, уже разогналась после «Мичуринца». Столб линии электропередач – хорошая примета! Примерно в пяти метрах слева от столба начинаю руками раскидывать камни, стараясь сделать круглую яму в насыпи примерно в полметра диаметром. Яма медленно углубляется, но расположена она на склоне насыпи, и края ее начинают тихонько осыпаться, так что диаметр пришлось увеличить. Примерно через 15 минут в насыпи уже зияла неровная круглая выемка размером метр на полметра глубиной сантиметров в 40. Вокруг беспорядочно громоздились кучки булыжничков.

Рельсы вдруг начали тихо гудеть, и через пару минут в Москву промчался какой-то скорый. Я осмотрел ямку, вроде не осыпалась. Что бы теперь туда зарыть? Я поискал вокруг себя, но ничего подходящего не нашел. И снова электричка – теперь в Москву. В конце концов, сходил к лесу и наломал веток. Уложил их в мою ямку наподобие вязанки и начал заваливать булыжничками. Получилось так себе, но получилось! На ровной, аккуратной насыпи явно вырисовывался более светлый круг метра в полтора, в центральной части которого вздымалось маленькое, более светлое надгробье, из которого торчали зеленые листочки. Я вывозился как чушка. Тройка с минусом тебе, Болотин! Но теперь уже можно было работать над планом создания «Главного Тайника»...

Я спустился к дренажному рву, помыл, как смог, руки, стряхнул с себя грязь и побежал дальше, в Мичуринец. За все то время, что я бежал, я не встретил ни души!

Сев на станции в электричку из Москвы, я попробовал разглядеть в окно плоды своих стараний, но насыпи вообще из поезда не было видно!

* * *

Вернулся в город и с электрички, не заходя домой – в школу. Успел только к третьему уроку. Сразу иду в кабинет директора:

– Валерий Анатольевич, я только сейчас пришел в школу, зашел оправдаться.

– Я слушаю.

– Был с семьей за городом вчера, сестренка захворала, и мы остались на ночь. А сегодня – все электрички утренние отменили – то ли авария, то ли военные колонны идут парад репетировать. Вот, с первым поездом я сразу сюда. Извините, в первый раз такое!

– Да, я уговор помню. Материал по пропущенным часам подготовишь, сдашь учителям. Иди, доучивайся, скажи, я допустил.

Фу-у, пронесло!

После уроков пришел на секцию. Все пашут, как оголтелые, скоро отборочные на первенство Москвы. А я же пока инвалид. Разделся, размялся, Григорич меня на перекладину повесил и велел потихоньку только статику покачать. Плечо уже гораздо лучше, статичные стойки держать позволяет, хоть и дает о себе знать после субботних упражнений, конечно. Через полчаса Григорич гонит со снарядов: больше нельзя, переработаешь и опять вылетишь на неделю. Ушел, но настроение приподнятое.

* * *

Дома, когда сел за уроки, вспомнил о Евсеевой задачке. Дай, думаю, решу. Достал бумагу, карандаш, линейку деревянную и циркуль «козья ножка» – мать еще в начале года купила. Нарисовал себе два отрезка и давай чертить. Круги рисую, точки пробую соединять, ничего похожего на нужный треугольник не получается. Даже близко! Ладно, думаю, отступлю немного, хотя бы с гипотенузой нужной треугольник построю. Рисую прямой угол – у меня ж линейка-то как полоска – четыре прямых угла, вот и обвожу один, отмечаю на вертикали отрезок покороче, раздвигаю циркуль на гипотенузу, иглу – в точку на вертикали, а карандашом засечку на горизонтали делаю. Отрезком соединяю – получилось... И треугольник прямоугольный и гипотенуза нужного размера. Но катеты – не катят. Сложил катеты, отрезок длинный получился, ну и что? Ничего общего с тем, который дан, не видно. Да так можно без конца один катет выбирать на вертикали и треугольник рисовать.

Надо с другого конца попробовать! Рисую новый прямой угол, большой отрезок разбиваю точкой примерно посередине, и кусочки отмечаю на горизонтали и вертикали нового угла. Соединяю по линейке. Сумма катетов – как заказывали, ну а с гипотенузой, понятное дело, обсдача. Ну, с чего ей подходящей оказаться? И как тут два этих подхода совместить? Ничего на ум не приходит!

Смотрю, уже час бьюсь, а не продвинулся ни на шаг. Полез в учебник. Полистал – там больше теоремы какие-то, доказательства всякие, а про то, как строить, хоть и написано что-то, но слова употребляются непонятные. Плюнул я на построения и стал читать учебник с самого начала. Все про прямую линию, про углы – много ерунды всякой, про то, как все доказывать, и, наконец, про треугольники. Читаю, читаю и вдруг заголовок: ОСНОВНЫЕ ЗАДАЧИ НА ПОСТРОЕНИЕ! Нашел! Читаю – задачки простые сначала, но одна за другую зацепляются, как бы каждая может дальше использоваться как инструмент, ну, вроде циркуля. Там, кстати, в первую очередь прямой угол аккуратно построили, а не как я, со своей щербатой линейкой. Опа, да тут почти моя задачка решается, дано: сторона, сумма двух других и угол! У меня то же самое, только угол особенный, прямой. Вчитываюсь, черчу, эх, не совсем, там угол, который дан – в другом месте. Черт!

Читаю решение, может, что и пригодится. Ну и хитрожопые же ребята! Они задом наперед рассуждают! Все у них якобы уже сделано, а теперь они это готовенькое исследуют, чего-то подстраивают, продолжают. Как это клево!

Сел на пол, ноги скрестил как Мотя, подышал глубоко. Потом погрузился в страницу и разобрался полностью со всеми этими английскими буквами, будь они неладны. И въехал. Действительно, так все и строится. И получается правильно – доказывать почти не надо!

Ну, попробуем вернуться к катетам. Как там, сказано? «Предположим, мы треугольник наш построили». Я рисую уже просто от руки. Теперь они продлили сторону, чтобы откладывать данную им сумму. Что ж, продлим катет. Туда? Сюда? За прямой угол, наверное, а то за острый – как-то далековато... Ну вот, торчит у треугольника новый отрезок. Соединить бы его с чем-нибудь, а то ему как-то сиротливо тут. Соединять, кроме как с вершиной на вертикали, не с чем. Соединяем. Ну вот, еще один треугольник появился, тоже прямоугольный, и катеты у него одинаковые. Господи, да это ж половинка квадрата, по диагонали разрезанного! Я почувствовал, что нащупал что-то очень важное, но «котел» уже перегрелся. Смотрю на ходики: ого, уже полночь! Остальные уроки не тронуты. Завтра в зал задумал пойти пораньше, разминки и растяжки надо усилить. Все, спать! Завтра решу!

Разделся, лег в кровать. И первый раз в жизни не смог заснуть. Не лезет из головы проклятая гипотенуза и все! Встал, оделся, взял тетрадку, пошел на кухню. Рисую все еще раз: сумма катетов, на ней по соседству друг с другом полквадрата и нужный треугольник, с гипотенузой. Так вся же эта конструкция строится, как нечего делать! Внизу – «сумма катетов», над ней – диагональ квадрата, а по этой диагонали – засечкой гипотенуза! Хотел было все записать, но тут силы меня окончательно покинули. Пошел, лег и, как обычно, без снов до утра! Ура!

Так я «подсел» на математику. Что ж, говорят, что отходняк от нее не такой тяжелый, как от героина.

29. В кино с девушкой

Вторник. До конца четверти – всего неделя. Дела мои немного поправились, но по четырем предметам у меня пока двойки. Или, скорее нули. Но, если уж чего выправляю, то, как следует: вон, по литературе и алгебре чуть ли не пятерки! Сегодня последняя физкультура в четверти, и Григорич решил устроить кросс на сдачу норм БГТО. Кросс так кросс, я давно на этих уроках скорее помощник, чем ученик, и как-нибудь, но кросс пробегу. Но он заговорщически подмигнул мне: смотри, мол, не подведи, и поставил в первый забег.

Бежали мы по Новодевичьему парку 1000 метров – один круг вокруг пруда. Я – не бегун, но я – в хорошей форме, бегаю постоянно и как распределить силы, помню. А больше в классе спортсменов нет, так что я финишировал, когда остальные и полкруга не сделали. Григорич щелкнул секундомером и очень обрадовался, в ноябре, когда ляжет снег, кроссы пришлось бы откладывать на весну, а так результат уже есть.

Пока я отдышался, остальные ребята закончили, как и ожидалось, еле-еле вписавшись в норматив. И на старт следующего забега вышли девицы. Тоже, увы, не олимпийская сборная, но получше ребят, одна вон даже в секцию со мной ходит, гимнасточка. Григорич мне кивает: беги, дескать, поддержи морально. Ну, мне не в лом, бегу следом, держусь сзади. Прошли полкруга, вижу, соседка моя, Ирка, выдохлась. Стоит, ртом воздух ловит, за бок держится. Подбегаю, кричу «делай как я» и дыхательные делаю: пять глубоких вдохов, разводя руки. Послушалась, и дыхалка ее восстановилась немного.

– В боку колет – это не страшно, 30 секунд пробежки потерпи и пройдет! Кивает и встает на кросс, но ме-е-едленно. Я догоняю, и как по жопе шлёпну ее ладонью, а сам – вперед, вприпрыжку. Взвизгнула – и за мной. Сначала от злости, сдачи дать хотела, а потом втянулась, дистанцию добежала, даже, кажется, в норму уложилась.

Подхожу:

– Прости гада, обидеть не хотел, разозлить только... Дай мне по роже!

И щеку надуваю, подставляю. Влепила звонкую, молодец!

– Ну вот, теперь мир! –

говорю. Она засмеялась и вдруг предложила:

– Знаешь, давай в кино сходим, хочу показать тебе, кто ты есть.

* * *

И вот я иду с девушкой в кино – первый раз в жизни. В шесть встретились у зоопарка, площадь переходим и – в «Баррикады». Ирка решила на мультики пойти!

Я, когда маленький был, какие-то мультики смотрел, но как вырос, даже забыл, что они есть. И Ксанка почему-то мультиков не просила. Но Дорохова говорит, что эти – особенные, для взрослых, и вот мы уже в зале, на заднем ряду. После мутного документального журнала «Новости Дня» показали какую-то забавную мультяшную муру про хоккей, а затем вдруг... Маугли! Ирка меня за руку дергает, смотри, смотри! Мне нравится, не могу сказать почему, все что показывают – немного детское, но и взрослое тоже. Мультяшные рисунки очень забавные – я тогда-то, в первый раз, не всматривался, в основном за делами следил, но из-за картинок как-то получалось, что мне сказку рассказывают не как ребенку, а как тому, кто понимать должен, где тут фуфло, а где нет. И история меня захватила, не заметил, как фильм пролетел.

А потом была «Варежка»! После красочных джунглей с шерханами дерганые игрушечные движения куколок на экране глаз не удерживали, но вдруг я узнал в маленькой героине этой мультика свою Ксанку. И уже от экрана не отрывался. Нехитрое, детское зрелище, как будто платок в руках у фокусника разворачивалось ширмой, то скрывая, то показывая что-то очень, совсем не по-детски важное.

А почти в самом конце, когда кукольная Ксанка гладила свою варежку у блюдечка с молоком, у меня полились слезы. И какая-то важная мысль стучалась ко мне, но... так и не пришла.

Потом начался совсем другой мультик – «Шпионские страсти». Довольно забавный, зал ухохатывался, но я не очень понимал этот юмор. Я потянул Ирку за руку:

– Пошли, хватит уже.

Мы на цыпочках выбрались из зала и оказались в пустом проходе у выходной двери.

– Ну что, понравилось?

Я закивал.

– Маугли?

– Конечно же, Варежка! Ну, и Маугли тоже.

Я вдруг потянулся и быстро поцеловал ее. Увы, достал только до подбородка.

– Ты что? Дурак!!!

– Ирка, я не знаю, как сказать. Я очень... спасибо тебе большое!

– Дикарь! Лягушонок противный!

– Ладно тебе! Не больно же, не по жопе ведь... –

добавил я тихо, вспомнив кросс, она уже не могла сдержать смех и небольно лупила меня по голове обеими руками. Чувство юмора – очень важное качество для того, кого выбираешь в друзья.

Наверное, «Варежка» – это был первый раз, когда Высокое Искусство коснулось скважинки в моей душе своей маленькой волшебной отмычечкой.

30. Математический триумф

Среда.

– Владимир Евсеевич, я задачку вашу решил. Написать или можно рассказать?

– Конечно, рассказывай, списать-то любой может!

– Обиду проглочу, Владимир Евсеевич и начинаю. Первое, построим квадрат.

– Какой квадрат?!

– Любой вообще-то, но я люблю средненький такой, не большой, не маленький.

– Ладно, хватит ёрничать, давай поподробнее.

– Пожалуйста. Проводим прямую А, отмечаем две точки на ней, из них большим радиусом проводим одинаковые дуги и соединяем получившиеся засечки прямой В.

– То есть, проводим ...что?

– Серединный пе...пе... дикуляр.

– Продолжай!

– Из точки пересечения А с В любым радиусом делаем на А и В по две засечки. Получились четыре угла квадрата. Доказывать?

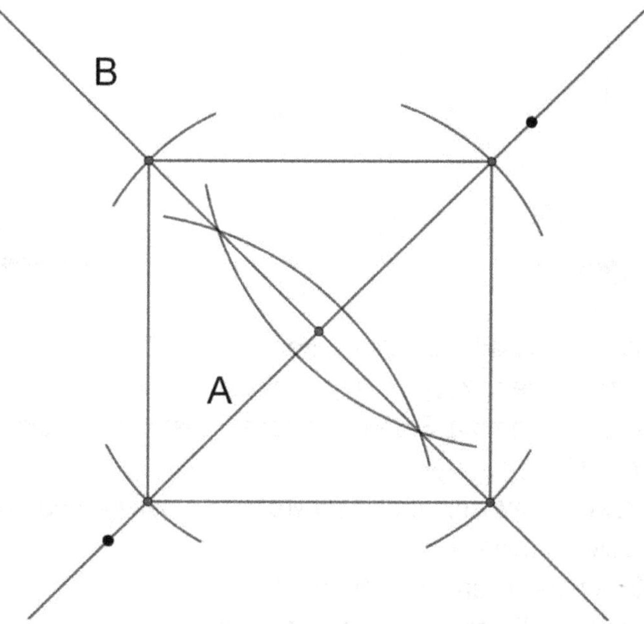

– Х-м-м... нет, продолжай.

– Второе, на стороне квадрата, от его вершины Д отметим сумму катетов. Получим точку У.

– Третье: из точки У радиусом ги...ги.., ну занозы этой, делаем засечку на нависшей над ДУ диагонали квадрата. Получаем точку Хэ.

Четвертое и последнее: построим высоту из вершины Хэ в

треугольнике ДУХ. Получим точку О в основании. Треугольник УХО – искомый. Доказывать?

Учитель даже рассмеялся моим обозначениям.

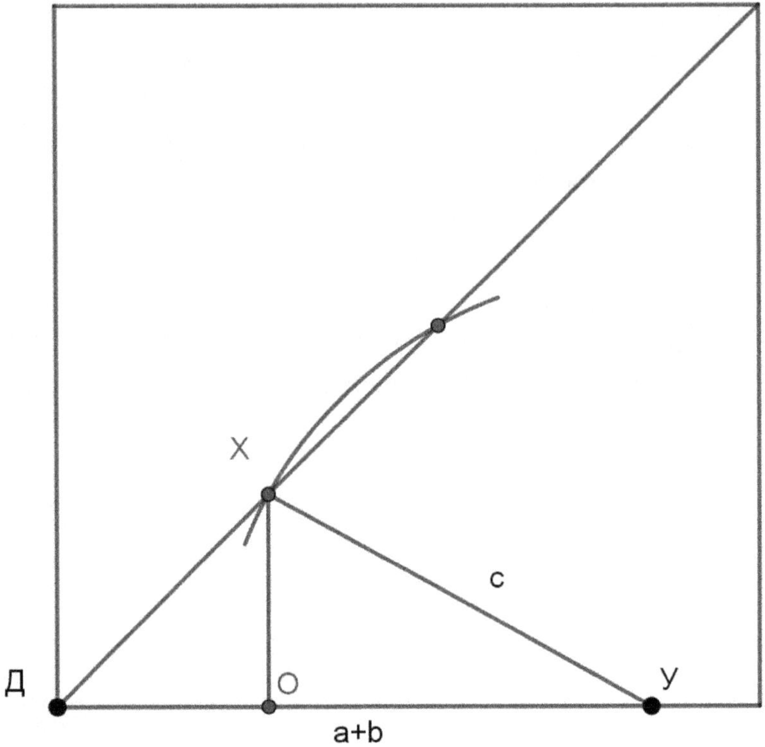

– Шут гороховый! Исследование проводил?

– Не, там корень из двух, я его боюсь пока!

– Значит, проводил. Засечек на твоей диагонали – две, значит два решения?

– Я тоже удивился, но оба треугольника равны, просто лежат по-разному, я проверял.

– «Киселева» всего прошерстил?

– Ну что вы! До подобия фигур только.

Владимир Евсеич выпрямился и вернул мне листочки.

– Пять за задачу, и тройка в четверти тебе по геометрии, Болотин!

– А когда ж четверка будет, Владимир Евсеевич?

– Когда слово «гипотенуза» выучишь наизусть!

– А пятерка тогда за «перпендикуляр» будет, да?

– Беги на урок, остряк!

* * *

Дома.

– Ма, чего тебе на праздник подарить?

– Не загреми на зону! И из школы не вылети. Вот будет подарок.

– Будет НЕ сделано! Нет, ну серьезно.

– Ничего не надо, денег нет совсем – на подарки тратиться.

– Ма, давай я тебе колготки клевые куплю, в сеточку,

– Ты сдурел? Кто ж матери такое дарит?!

– А чего такого? Я на училке одной видел – так красиво! Мне понравилось...

Немного смягчилась:

– Перестань, а потом, они стоят четыре пятьдесят, офонареть!

– Ну и что? Я хочу, чтобы ты клево выглядела, чтобы все мужики оборачивались, а баклан какой-нибудь вообще бы влюбился.

– Что-то, Генка, из-за англичанки этой у тебя мысли совсем не в ту сторону работают. Ну, говори уж, чего приспичило?

Ну, никак ее не проведешь!

– Догадалась? Мне часы нужны – на руку.

– Ты же мал еще, часы носить, баловство это! И деньги какие! Вон у крестного своего проси.

Я немножко обиделся:

– Ты что думаешь, я себе их раздобыть не сумел бы? Я не майданщик, но котлы срезать – это мне и на бан грести не надо! Мне от тебя хочется подарок...

– Да на кой тебе? Перед училкой хорохориться?

– Не, я как за книжку возьмусь, про время забываю. Уже и не успеваю ничего. И в читалке, там часы на стене так неудобно висят – шею свернешь.

– Ладно. Выпросил. Куплю. А Ксанке чего?

– Только мне не любые, чтобы с секундной стрелкой обязательно. А Ксанке галстук и банты алые, чтобы под цвет, их перед праздниками в пионеры принимают.

– Точно! И галстук ей швом красивым окантую.

– Ну все, мне к Моте пора. Вернусь не поздно. Куда идем? О, тебе лучше не знать!

И с лучшим приятелем – в Филевский Парк, купаться.

* * *

Мотя рад, что я подвязался ездить с ним купаться. Он купался один с сентября, когда остыла вода, но ходить в парк в темноте одному ему как-то неуютно. Я тоже подсел на кайф от этого обжигающего плескания и удивительного настроения после него.

Мы уже ехали в метро из парка, когда Мотя неожиданно спросил меня:

– Слушай, а ты меткий парень?

– Ну, в тире из духовушки попадаю иногда, а что?

– Тир, это хорошо конечно, но я про мышечную координацию. Ты копья метать умеешь?

– Что я тебе, всадник-богатырь? Какие копья?

– Поехали, попробуешь!

И мы поехали в клинику к Моте на дежурство. Мотя сегодня дежурил в хирургии. Я не очень любил там появляться: в ординаторской бывало людно, не то, что в морге, и на посторонних немного косились. Но сейчас Моте было все равно.

– Привет всем, это Гена, он со мной, он скоро уйдет.

Присутствующие санитарки и сестры согласно кивнули, и я тихонько уселся в углу дивана.

Мотя сразу залез за шкаф, вытащил странноватую доску-мишень, повесил на стенку, отмерил от нее три больших шага и наклеил на полу полоску из лейкопластыря. Потом достал с нижней полки шкафа стаканчик со стрелками. Стрелки – толстые иголки с пластмассовым опереньем разных цветов. Мотя воззвал к присутствующим:

– Кто с нами в дарты?

Никто не отозвался, все были заняты своими делами.

Мотя показал мне, как целиться и бросать стрелки в мишень, какие даются очки за разные области на мишени, и мы сыграли три партии. Попадать было нетрудно, но «ценные» участки мишени давались не так легко, и Мотя легко обставил меня все три раза.

– Давай еще, я тебе фору дам.

Он наклеил на пол еще полоску лейкопластыря на метр

дальше - для себя.

Я уже приноровился и выиграл у него две партии из пяти.

– Пойдем, подышим, –
неожиданно предложил он и, оставив стрелки заскучав-
шим санитаркам, мы отправились во двор.

– Ген, слушай, я хочу испытать на тебе одну штуку...

– Я похож на кролика?

– Понимаешь, я, кажется, нащупал стимулятор подкорковой области...
И он, постепенно возбуждаясь, начал сбивчиво объяснять
мне что-то про продолговатое тело, гипоталамус, ингиби-
торы АПФ и энцефалограммы затылочной части.

– Попроще, если можно!

– Короче, делал я ингаляции одному дедку, его бронхиальная аст-
ма достала. Я ему еще в эликсир добавил антикоагулянтов, ну чтоб
кровь пожиже была. Все сработало, но появился странный побочный
эффект, у него маразм стал проходить, ну, не то чтобы совсем, но
просветы стали появляться. Попробовал я этот очиститель на себе,
ничего особого не почувствовал, кроме одного – мне становилось гораздо легче держать баланс в моих йоговских асанах. Я еще сделал
себе запись электрической активности разных участков мозга, энцефа-
лограмма называется, и вроде бы, импульсы в подкорковой части заметно усилились. А там центры, отвечающие за нейрофизиологию. Я
хочу, чтобы ты паром моим подышал, а я посмотрю, что у тебя прости-
мулируется. Меткость – это психомоторная координация, очень ёмкая
характеристика, а у тебя с ней неплохо. Вот и сравним – до и после.

– А маразм ко мне от дедка не перейдет?

– Не бойсь, и маразм выправим!

– Ну, давай пробовать.

31. Мотин эликсир

Мы пришли к Моте в жмурную. Он усадил меня на пол,
велел выпрямить спину и глубоко дышать, а сам ушел в
другую комнатку и через пять минут торжественно вкатил
каталку для инструментов. На каталке стояла горящая
спиртовка с небольшой металлической плоской кюветой

– в таких у зубных врачей инструменты лежат. Он поставил кювету передо мной, велел наклониться и накинул на голову покрывало из детской клеенки.

– Дыши сначала ртом, пять глубоких вдохов. Потом носом, как можно глубже и чуть задерживай дыхание перед выдохом.

Из ванночки шел пар, горячий, но не обжигающий, дышать было не трудно. Запах сильный, незнакомый, он не был неприятным, чувствовались какие-то лекарства, немного луговой травы и даже чуть-чуть пряностей. Я в запахах не силен, да и не пытался угадать, что там. Примерно через пару минут я почувствовал головокружение, о чем и сообщил Моте. Он сдернул «паранджу», поставил кювету на спиртовку – подогреть, и дав мне отдышаться, снова уткнул носом в кювету. Три минуты и процедура прекратилась.

– А теперь – на свежий воздух! Здесь, поди, все формалином пропиталось, а тебе кислороду сейчас надо, и побольше...

На улице я почувствовал странную легкость и возбуждение, как после нашего Филевского купания. Потом что-то стало происходить со зрением, силуэты вдали выглядели четче, все краски стали ярче, поверхности – более выпуклыми что ли. Появилась небольшая тошнота и легкое головокружение. Я стал все это описывать Моте, но не узнал своего голоса – он звучал громко и непривычно.

– Все нормально, это ты как будто анаши курнул. Сейчас все пройдет. Сейчас проводимость нервных путей меняется, а мозг адаптируется. Чувствуешь кайф?

– Нет, но настроение бодрое, только вот штормит...

* * *

Ходим, болтаем о том, о сем.

– Мотя, ты мне клеенку на голову накинул, она совсем ничего не пропускает?

– Да, но мне это не важно, просто с нее все оттирается легче.

– Мне важно. Из чего лучше всего герметичный мешок сделать?

– Большой? Тяжесть важна? В воде хранить?

– Тяжесть не важна, размер – небольшой (показываю руками полметра на полметра), хранить в земле нужно и довольно долго.

– Клад что ли зарываешь?

Догадаться нетрудно…

– Ага, нашел вот вчера, он мне не понравился, и я снова зарыть хочу! (После паузы). Не, мне документы надо спрятать. Четыре папки.

– А-а-а. Тогда, прорезиненная ткань! А это и есть, собственно, клеенка. Только швы надо особым способом заделывать. Прошиваешь тонкой иглой и проклеиваешь резиновым клеем. Я видел, так туристы для байдарок свои поросёнки лепят.

– Поросёнки?

Ну, да, мешки такие здоровые, из розовой клеенки и завязочки белые, как хвостики.

– Клеенки мне отмотаешь?

– Угу, напомни только.

Мы погуляли еще минут десять, потом пошли назад в хирургический корпус.

* * *

В ординаторской никого не было. Я вдруг заметил, что шея как-то плохо меня слушается. Мотя, услышав об этом, приказал:

– Закрой глаза и покрути головой.

Я повертел – все нормально с шеей.

– Это не шея, а зрение. Немного усилился нервный сигнал, глаза стали «работать» быстрее, шея за взглядом не успевала. На-ка вот, попробуй почитать.

Я открыл протянутую брошюру, но читать не смог – текст дрожал.

– Поднеси поближе!

Я последовал совету и на каком-то расстоянии я вдруг увидел весь текст. Целиком. Такого со мной никогда не было! Я обычно читаю с нормальной скоростью, но слово за словом, как положено, а тут вдруг слова полезли в голову гурьбой.

– Привыкнешь, еще понравится.

Усмехнулся Мотя, глядя на мою изумленную физиономию.

– Ладно, давай меткость проверять!

Первую партию в дарты я позорно слил. Рука плохо меня слушалась, стрелки летели куда хотели. Мотя посоветовал мне поумерить пыл и не лепить по мишени со всей дури, а запускать стрелки плавно, как если бы я хотел, чтобы они летели по дуге, будто выпущенные из лука. Я попробовал, и – о чудо! – сразу почувствовал, что не бросаю стрелки, а, как бы, втыкаю их в мишень, куда хочу! Дело, разумеется, пошло на лад, и я добрался до вожделенного «нуля» за два хода.

– Ну вот, эликсир работает! Давай-ка, отодвинемся немного.

Довольный Мотя перенес линию из лейкопластыря почти к противоположной стене от мишени. Приноравливаться пришлось, но недолго. Четыре-пять метаний и рука, казалось, навсегда запомнила усилие, при котором стрелка летит точно, куда надо. Мотя же половину лепил вообще в молоко.

– Что и требовалось доказать!

Тут мне в голову пришла идея.

– Мотя, давай-ка проверим кое-что. Тут есть бумага и ручка? Возьми, напиши что-нибудь, ну например: «Я, Мотя, должен Генке тыщу рублей», и распишись. А теперь, пойди, погуляй пять минут.

Он вышел, а я взял ручку, положил перед собой написанное, затем взял чистый лист и попробовал подделать Мотину заковыристую подпись. С третьего раза я остался доволен результатом. Затем я взял еще один чистый листок и сходу повторил, стараясь подражать почерку, и записку, и подпись. И когда Мотя вернулся, его ждали два мало отличимых друг от друга экземпляра «расписки».

– Которая твоя?

– Поразительно! Ты и раньше так забавлялся?

– Первый раз.

– Я и говорил о координации глаз-рука!

– Каталы в биллиардных тебя на руках будут носить! Или мы сами там заработаем – сколько нам надо!

– Вот так всегда и будет: я думаю об операциях на мозге, а тебя больше тянет к уголовным подвигам. Вот что, встань-ка на голову

   …И АНГЕЛА БЕСПЛОТНЫЙ ПОЦЕЛУЙ

или на одной ноге постой, проверим, как с равновесием дела.

И с равновесием все было замечательно, я даже умудрился продержаться 10 секунд на одной руке, чего мне никогда не удавалось. Но все же меткость моя потрясла меня куда больше.

– Мотя, а долго это продержится?

– Вот и проверим.

– Ну, у тебя – как было?

– Сутки – железно, на следующий день – послабее, на третий – как и не было, но у тебя все должно держаться подольше. Последи за собой, расскажешь потом. Эх, энцу бы тебе сделать!

– Да за такие дары я готов хоть в колесе, как белка, круги наматывать! Ладно, пойду. Забегу завтра, доложусь.

– Пойду, провожу тебя, а то ты под воздействием, мало ли что...

Мы еще зашли в морг, Мотя отмотал мне пять метров «поросячьей» зеленой клеенки и проводил меня до ворот больницы, где мы и расстались, очень довольные и друг другом, и собой.

32. Изготовление «поросят»

На следующий день, в четверг, я побежал в зал к шести утра. Такой прекрасной тренировки у меня давно не было! Плечо почти не беспокоило, сил много, а главное, идеальное чувство тела. Я три раза отдыхал, но прошел все снаряды по два раза, а перекладину – аж трижды!

На уроках никто почти не учился. У нас собрали дневники – выставлять отметки за четверть. До каникул – всего три учебных дня, учителям уже никак не заставить нас заниматься.

На первых уроках я украдкой глотал Тургенева, не понимая, как я раньше мог так тоскливо плестись по тексту. Неожиданно я заработал четверку по химии, вызвавшись сдать тему за прогулянный урок. Похоже, я остаюсь всего с двумя «хвостами».

Одна и та же мысль стучалась все чаще в мою голову – настало время готовить ухоронку. Послезавтра уже ноябрь, значит скоро ляжет снег. Сделать все, что я задумал и не оставить следов на снегу невозможно и пора было приступать, как бы не хотелось про это забыть.

Сразу после уроков я поехал на мой «любимый» Ленинский проспект в «Тысячу мелочей». Я провел там около часа – сейчас конец месяца, на полки подкинули товаров чтобы сделать план, и очереди были страшенные. Я честно отстоял в нескольких очередях, но купил все, что задумал.

Сначала я наткнулся на очередь за бумагой для заклеивания окон. Приближалась зима, а мать, похоже, и не чесалась ни о холоде, ни о сквозняках. Занял очередь, пробил в кассе, вернулся с чеком, стою. Вижу: все еще и вату прикупают, чтобы щели затыкать, пошел, добил за вату, вернулся в очередь, достоял, получил. У-у-ф!

Ну, а теперь – к делу. Прежде всего, клей: взял три пузыря резинового и пару тюбиков «суперцемента», на всякий случай. Догадался почитать инструкцию на этикетках и прихватил еще пачку мелких шкурок (взял последнюю!). Потом купил набор швейных иголок, тонкие нитки, моток плоского матерчатого шнура. В последний момент, уже у метро, вспомнил и прихватил пару десятков газет в «Союзпечати» – для подстилки.

Дома никого не было, Ксанка опять гостила у тети. Я убрал все с обеденного стола, застелил его газетами и принялся мастерить денежных «поросят».

Сначала я осваивал склейку. Для тренировки я отрезал от клеенки несколько полосок и стал склеивать их друг с другом. С «Суперцементом» ничего не получалось – он плохо размазывался, лип ко всему, высыхал неравномерно и страшно вонял ацетоном. Намазанные полоски сразу скручивались в слипающиеся рулончики, распрямить которые удавалось лишь, захватав поверхность пальцами, что по инструкции делать запрещалось. В конце концов я психанул, собрал все замазанное знаменитым клеем в комок, завернул в пару газет и вышвырнул на черный ход. Потом долго оттирал пемзой руки.

С резиновым клеем дело обстояло примерно также. Но, с учетом предыдущего опыта, я стал действовать осмотрительнее. Во-первых, я сделал мазалку для клея – нашел дощечку и плотно намотал на нее много слоев бинта. Во-вторых, приспособил два наших чугунных утюжка, как прижимы по краям полосок. И первая же пара полосок склеилась отлично. Тогда я решился приступить к первому поросенку. Но прежде надо было прикинуть размеры. Я уже давно решил зарыть 200 тысяч, а остальные – почти сорок – запрятать где-нибудь поблизости. С купюрами тоже все было ясно. Большие номиналы уходили в ухоронку – тащить пухлый груз не хотелось, да и возни с ними больше. Итак, 12 пачек сотенных, 6 толстых пачек полтин и (20 тысяч до 200 не хватает – их добавить четвертаками – это... это... 8 пачек четвертаков). Итого 26 пачек денег. Наверное, есть смысл разложить в два мешка, а то с одним, таким здоровым «поросенком», намучаешься. А какие размеры у купюр, я не знал.

Идти искать и мерить? Не хотелось бросать изготовление «поросенка» на полпути. Я решил сделать первый мешок на глазок, размером побольше – просто для пробы. Отмахнул кусок клеенки сантиметров 70 и расправил его на столе. Какую сторону клеить? Повертев туда-сюда, решил склеить изнанки, более гладкая темно-зеленая лицевая сторона казалась для клейки менее подходящей. Попробовал ошкурить края листа, как рекомендовалось по инструкции, но сразу бросил – шкурка все время уходила за край и рвала газеты. Не склеится так, протру бензином, решил я. Теперь предстояло плотно сжать смазанные клеем поверхности. Как? На короткий шов можно было бы нагрузить учебников, а с таким здоровым – что делать? Решение возникло, как только мой взгляд упал на утюжки. Я обильно смочил клеем мою мазалку, подождал, пока он впитается в марлю бинта, медленным движением провел мазалкой по трем краям листа клеенки, подождал, пока клейкая полоска высохнет, придерживая загибающиеся углы. Потом сложил лист пополам, совместив уголки, разгладил на не запачканной еще части стола и начал утюгом медленно проглаживать склеивающиеся края. Толстая клеенка не образовывала складок, чего я больше всего опасался. Погладив так минут пять, я собрал и убрал все, что использовал для клейки, и достал наш «Зингер».

Два слоя толстой клеенки – это серьёзный объект шитья, но старый добрый дореволюционный «Зингер» знавал, наверное, и не такое... Я взял сначала полоску для опытов, установил тоненькую иголку, нитку и настроил рисунок шва. Машинка, хоть и с заметным усилием, но шов прострачивала... Берусь за склеенный клеенчатый конверт. Наверное, засохший слой клея добавил сопротивления, и иголка сломалась на втором сантиметре шва. Вторая иголка прожила не дольше. Только третья, более толстая игла выдержала, и я медленно и, насколько мог равномерно, дострочил сторону до конца. Сменил направление и уже смелее прострочил второй шов. Потом третий. Очень довольный собой, я убрал и спрятал все, что относилось к моему проекту. Для продолжения требовались новые материалы.

33. Канцелярское чудо

В пятницу, после школы захожу к матери на работу. Очередь в магазин – человек двести! Мать трудилась, не покладая рук. Я сменил ее у прилавка на пять минут – дать ей короткий передых, и, улучив момент, стянул из кассы пачку крупных купюр.

– Ма, постой пока, мне отлить только.

Бегу через подсобку основного зала гастронома, где на всех продавцов имелась одна крошечная кабинка с унитазом. Закрывшись, я достал взятые купюры и три раза промерил прихваченной из дома линейкой. Размеры оказались 140х70 для сотни и полсотни и 124х62 для четвертака и червонца. Теперь можно было серьезно приступать к делу. Вернувшись за прилавок, я незаметно вернул украденные деньги, полчаса еще поработал для виду, и напугав мать мифическими ментами в очереди, благополучно смылся. Путь мой лежал в «Канцелярские товары» на Садовом кольце.

* * *

Я долго рассматриваю всевозможные общие тетради и блокноты, выложенные на открытой витрине, но как-то ни одна из них не тянет меня открыть ее и начать писать. Подхожу к соседней витрине и сразу нахожу, чего искал. Пачка бумаги в обычную синеватую клетку стандартного размера 215х280, 100 листов в простой голубоватой обертке. Цена – 26 копеек. Деньги в кармане еще оставались, и я несу на прилавок к продавщице аж 12 пачек!

– Куда тебе столько? –

удивилась девушка.

– Изучать геометрию, –

был мой ответ. Как оказалось, абсолютно правдивый! Набрал еще кое-что по мелочи – карандашей, ластиков, скрепок, набор шариковых ручек трех цветов. И главное – коробочку аптечных резинок. На банковских обертках в инкассаторских сумках на чердаке оставались мои «пальчики», и при ухоронке я хотел от них избавиться.

Тут я обернулся к последней витрине в углу и сразу понял, что за подарок я жажду получить на праздник. Среди солидных подарочных чернильных приборов из малахита и толстенных перьевых ручек в разноцветных коробочках под витринным стеклом угнездилось настоящее сокро-

вище. В плоской, покрытой мягчайшим черным бархатом
коробке поблескивали маленькими серебряными колеси-
ками элегантные циркули, всевозможные надставки, непонятные стерженьки и отверточки.

– Что это?

Я не мог оторвать глаз от чуда…

– Готовальня, артикул 4, девятнадцать-шестьдесят,

– Гото… что?

– Готовальня, ну, набор циркулей и рейсфедеров для черчения.
Для геометрии тоже подойдут. Нравится? –
усмехнулась хранительница сокровищ. Она приподняла
стекло витрины, достала сокровище и положила передо
мной.

 На крышке футляра под королевским черным бархатом
имелись углубления для каждого предмета, аккуратно
уложенного в свою ложу на основной панели. Я непроиз-
вольно потянулся к крышке и аккуратно закрыл футляр.
Тяжелая крышка поворачивалась не туго, но медленно,
как тяжелая дверь на хорошо смазанных петлях. Закрывшись, легла плотно и абсолютно точно. Крошечный замочек на миниатюрной дверной петельке с круглым отверсти-
ем, пропустившим при запирании небольшой стерженек с
шариком от другой створки, доконал меня окончательно.
На деньги из «мебельного взяткохранилища», которые я
осторожно тратил, я мог бы купить сто таких чудес. И в
сто раз больше – на деньги, которые я шел зарывать под
рельсы. Я уже, было, полез открывать ранец, чтобы достать из загашника пару припрятанных червонцев, как в
голове нарисовалась какая-то неясная картинка. Я остановился, выпрямил спину и три раза медленно и глубоко
вздохнул. На третьем выдохе прояснилось: СТОИТ ТОЛЬ-
КО НАЧАТЬ, И ПОТОМ НЕ ОСТАНОВИШЬСЯ!
Я выдохнул, закрыл ранец, виновато взглянул на искуси-
тельницу и отодвинул сокровище в ее сторону.

Запихав покупки, сколько влезло, в ранец, и перевязав бечевкой остальное, я еле-еле допер всё до дому. Теперь предстояло самое главное испытание. Я открыл краны в ванной комнате – наполнить большую ванную. В комнате я достал склеено-сшитого «поросенка» и засунул в него четыре пачки бумаги. Он показался почти пустым, в него, наверное, влезли бы все двенадцать. Предстояло, правда, его еще закупорить, но как это сделать, я еще не придумал. Пока же я собрал открытый верх мешка в гармошку, дважды крепко перевязал шнурком и понес в ванную.

Ванна наполнилась. Я утопил в ней мешок и прижал ко дну стиральной доской, стоящей у стены. Через полчаса достал, принес в комнату, открыл. Бумага была сухой! Ура!

Вечером, перед купанием в парке я похвастался своим изделием перед Мотей. Он повертел «поросенка» в руках, хмыкнул и сказал, что сделано неплохо, но герметичностью здесь и не пахнет. Сквозные крошечные дырки на швейных швах дают микроскопическую проницаемость, и через пару месяцев во влажной среде содержимое «поросенка» отсыреет. Для туристов швы важны, они обеспечивают механическую прочность, а микроскопические потеки их не волнуют – они распаковывают «поросёнков» каждый день.

Он предложил куда более подходящую мне конструкцию – сначала склеить трубу, просто внахлест, без всякого шва. Затем на торцах трубы сделать короткие вертикальные разрезы и загнуть полоски, одну внутрь, а другую снаружи как нахлест на конверте. Эти полоски намазать клеем и заклеить. Швы, если не набивать мешок плотно, должны оказаться герметичными, а слабыми местами будут только самые уголки, их надо дополнительно проклеить и все!

– У тебя мать, вроде, в гастрономе работает, так ведь?

– Ну да.

– Так у них же сейчас сыр и ветчину всякую в тонкую полиэтиленовую пленку заворачивают. В подсобке, небось, эта пленка рулонами валяется. Вот и умыкни. В три слоя свои бумаги завернешь – герметичнее некуда!

Кашу маслом не испортишь – я решил сделать и то, и то!

34. Маскировка

Суббота. С утра после тренировки я дождался Григорича и уломал его оставить мне ключи от спортзала, на каникулы он собирался куда-то уехать. В оторванной от сердца Григорича связке оказался также ключ от входа в школу. Сделаю дубликаты и буду меньше в окна лазать – еще один шаг в новую жизнь. К концу школьного дня меня ждал жестокий удар – фея не пришла, урок английского отменился. Конец четверти – наверное, и феи отпрашиваются...

Раздосадованный я пошел домой и, чтобы отвлечься, снова занялся ухоронкой. И довольно быстро соорудил четыре отличных поросенка: в виде продольной Мотиной «трубы» с простроченно-проклеенным нижним швом. На сегодняшнюю ночь можно запланировать главную ухоронку. Я тщательно собрал весь мусор, взял «поросят», упаковал остатки материалов и отнес все в свой «Красный уголок». Первый этап подготовки закончился.

* * *

Прибегаю в мамашин гастроном. Сначала – в общую подсобку. Прошелся, обыскал все углы – ничего похожего на заворачивание продукта в пленку не увидел. Вижу, Никитишна, товаровед, с накладными носится, ищет кого-то. Спрашиваю ее, где они нарезанный сыр заворачивают. Она смотрит на меня, как на чудо в перьях:

– Да ты чего? У нас гастрономчик-то маленький, все со склада – прямо на прилавок. А пленка-то, я слышала, только в Новоарбатском есть.

Вздохнул, забежал к матери в отдел, бросил трешку в ящик и в подсобке сунул в рюкзачок бутылку водки. Мать была так занята за прилавком, что даже не заметила ничего.

– Чего приходил-то?

– Я, может, к тете Марусе сегодня смотаюсь. Если ночевать не приду, не волнуйся!

И прямиком – на Новый Арбат.

Новоарбатский гастроном открылся недавно. Наверное, это самый большой из московских продуктовых магазинов, но славы первого так и не приобрел. Елисеевский, Гастроном №1 на Лубянке и Смоленский в конце Арбата по-прежнему оставались для москвичей главными островками пищевого рая.

В Новоарбатском творился чистый ад. Затоваривающиеся на праздники приезжие, смешавшись с московской субботней публикой, в буквальном смысле штурмовали прилавки. У входа в служебные помещения дежурила охрана, так что промылиться в подсобки мне не светило. Я встал в сторонке от опустевшей клети и стал терпеливо ждать. Наконец продавщица вывезла очередную клеть, наполненную расфасованными кусками «отдельной» колбасы, поставила клеть в углу и быстро отскочила в сторону, чтобы не быть сбитой с ног возбужденной толпой, бросившейся к клети, как стая голодных бандерлогов. На карточке, приколотой на ее форменном воротнике, значилось «Семенова Н.В.». Эх, была-не была...

– Тётя Наташа, тётя Наташа, подождите...

«Н» могло быть и Надеждой, и Ниной, но Наташа встречается чаще...

– Что тебе?

Угадал...

– Генка я, Раин сын!

– Не припомню.

– Ну, Рая, со второго этажа, из кондитерского. Она меня к вам послала пленки попросить – мать на заказах сегодня, а запаковывать уже не во что.

Секундное сомнение на лице, но общая замотанность оправдывает любой провал в памяти,

– Пошли, но у меня только узкой три рулона осталось.

Мы гордо прошествовали мимо бдительных охранников, и через три минуты я уже бежал на Арбат с толстенной трубкой вожделенной пленки в рюкзачке.

Мне предстояло обеспечить себе маскировку, пока не стемнело. Недавно, обдумывая ухоронку, я представил себе, что будет, если во время операции на меня обратят внимание. Подросток, в неурочное время идущий по Москве с большой ношей – не страшно, я ходил так много раз и никто меня не трогал. Подросток – один, с грузом, в странное время в электричке – это уже подозрительно, особенно, если проходит ментовский линейный патруль, но если сидеть спокойно или дремать, скорее всего, пронесет. А вот билет на электричку надо будет купить обязательно! Подросток, в странное время гуляющий по путям с каким-то грузом или делающий в насыпи подкоп – точно никто не пройдет мимо! Мало ли какими молодыми бывают бандиты и диверсанты!

Так что маскировка нужна. Сделаться взрослым? С моим-то ростом – нереально, буду выглядеть еще более подозрительно, ряженым. Девушкой? Еще хуже. Старой бабкой? Тут мое воображение заиграло, я представил себе мощных теток в телогрейках и желтых жилетках поверх, вечно что-то ковыряющих ломами на дорогах. И я вдруг понял, какое блестящее решение принесла мне эта шальная мысль! Спрятать груз под просторной курткой или ватником, нахлобучить ушанку, а главное раздобыть рабочую жилетку, красную или желтую. На дорожных рабочих точно никто не смотрит! И в поезде, и на путях я буду выглядеть совершенно обыденно. Решено!

И вот я отправляюсь в дорогу за маскарадным костюмом. Пересекаю Арбат, ныряю в Афанасьевский переулок, сразу налево, на конечную остановку любимого троллейбуса №39. Вскакиваю в пустой теплый троллейбус, проезжаю весь предпраздничный Арбат, спускаюсь к мосту, доезжаю до Дорогомиловки и бегу к родным электричкам. Всего одна остановка, но иначе туда, куда мне надо, не доберешься. Вокруг станции «Москва Сортировочная» мои «маскарадные костюмы» бродили толпами. Я спустился с платформы, вернулся по путям немного назад и присел на лавочку у какой-то мелкой конторы. Что лучше: найти бытовку и умыкнуть все, что мне нужно, или просто купить у жаждущего выпить? Поскольку мне вещи нужны не для скока, меня по ним искать не будут. Значит, купить безопаснее. А вот и вожделенный продавец…

— Дяденька, выпить хошь?

— Ну?

— Продай жилетик!

— За бутылку?

— Ну, за бутылку!

— Покажь!

— Жилетик-то сымай...

— На! На кой он тебе?

— Собираю такие.

Торг состоялся.

— Мне еще ушанка твоя нравится. У тебя какой размер?

— На, примерь!

Примеряю. Только нос торчит.

— Великовата! Если за трешник только.

— Да бери!

Железнодорожный работяга не мог прийти в себя от неожиданно свалившегося на него счастья. А я, кое-как засунув покупки в раздувшийся ранец, отправился на станцию. Пробовать купить здесь еще и ватник? Но на это совсем мало шансов. Ничего, у меня куртка не очень заметная, обойдусь.

35. Подготовка клада

Первый раз несу на «дело» столько барахла! Перчатки, бахилы, «поросята», клеенка, пленка, железнодорожный костюм, не говоря уже о сотне мелочей. В подъезд дома с моим заветным чердаком я входил около восьми. Спокойно поднялся на лифте на самый верх, поднялся еще на один марш и остановился перед решеткой с запертой «серьгой» дверью. Скинул рюкзачок, сел на ступеньку, чтобы все еще раз хорошенько обдумать. В подъезде стояла полная тишина.

«Серьга» – висячий замок – самый простой запор для взломщиков. Я открыл его за две минуты. Войдя в клеть, я припрятал его за решеткой и плотно прикрыл за собой сетчатую дверь.

Люк на чердак, как я и думал, был открыт. Похоже, здесь после меня никого и не было. Достав фонарик, я надел бахилы, залез на чердак, закрыл люк и, тихонько пошел к своему тайнику. Дойдя до нужного отсека, я включил «монашку», достал из рюкзака оставшуюся после поросят клеенку, два метра на метр, и расстелил ее на полу. На ней я разложил все принесенные причиндалы. Потом посидел минут пять в позе «лотос» и когда пульс немного унялся, полез по балке за сумками. Сумки торчали за балкой нетронутые. Я почти не сомневался, что так оно и будет, но небольшое облегчение, скажу честно, испытал. Достав их, одну за другой, вернулся к своей «рабочей клеенке» и занялся упаковкой.

Прежде всего, я протер ручки и металлические окантовки сумок, натянул резиновые перчатки, а затем открыл сумки, и аккуратно выложил все деньги на клеенку. Сложил их на отдельные кучки по номиналам. Затем, отделив восемь пачек четвертаков, я сложил остальные пачки четвертаков и червонцев в большого поросёнка. На клеенке теперь лежали только пачки для ухоронки.

Я разделил их на две одинаковых кучки. Затем взял один из приготовленных маленьких «поросят» и попробовал уложить в него пачки. Шесть сотенных пачек в три ряда по две в ряду – в самый низ, сверху три пачки полтин тоже в три ряда. Деньги лежали свободно, но много места уже не оставалось. Я попробовал запихнуть маленькие четвертные пачки поверх лежащих: две – совсем вглубь, две

– над ними. Мне это с трудом удалось, но ткань мешка заметно натянулась, что мне не очень понравилось. Тогда я вынул четвертаки, и, разорвав обертку, разделил одну из пачек на две. Скрепив тонкие пачечки резинками, я запихнул их в три ряда, две тоненькие по краям, а полная – посередине. Получилось гораздо лучше. «Поросята» оказались слишком глубокими, но основная укладка была готова. Оставалась самая трудоемкая часть упаковки – завернуть деньги в пленку.

Раскручивать и отрезать от рулона куски пленки я приспособился на ближайшей горизонтальной балке. Завернутые пачки получались у меня ровненькими и достаточно плотными, плотнее, чем они были в бумажных обертках. Я начал с толстых полусотенных пачек – тех, которые по 200 купюр, а когда перешел к сотенным, увидел, что толстые пачки удобнее, поэтому стал и сотенные заворачивать по 200 бумажек. С четвертаками пришлось возиться дольше всего, из восьми пачек половину надо было разбить на маленькие (а это еще и пересчет!) и все завернуть в пленку. Вся процедура заняла у меня, наверное, минут сорок. Затем, чтобы не прерываться и закончить с пленкой, я перепаковал все деньги, оставленные вне ухоронки. С ними я не мудрил – заворачивал пачки, как были, по сотне купюр. На это ушло еще минут тридцать.

Теперь предстояло главное – запечатать ухоронку. Я еще раз уложил пачки в «поросенка». У мешка было сантиметров десять лишней длины, которые я аккуратно отрезал. Затем намазал «суперцементом» сантиметровую полоску на внутренней поверхности верха мешка. Быстро и равномерно размазал клей кусочком тряпочки, дождался, пока он почти полностью схватится, провел обеими руками по «поросенку», выпуская лишний воздух, и запечатал край полоски, положив его на балку и прижав изо всех сил линейкой. Через минуту мешок был готов. Второго «поросенка» постигла та же участь.

Теперь предстояло собраться, все убрать и замести следы Все полезные остатки материалов и инструменты я начал собирать и складывать в большой неиспользованный «поросенок». Для мусора я приготовил полиэтиленовый пакет. Собирая в него мусор, я еле-еле отодрал пару клеенчатых кусочков от балки – они приклеились на размазанные капли клея. В этот момент что-то смутно шевельнулось в голове, но мысль не родилась. Собрав мусор, я занялся остатками денег. У меня оставалось около сорока тысяч. Пять тысяч я решил спрятать здесь. Обнаружил среди шмоток небольшой клеенчатый мешок на молнии (уведенный когда-то вместе с бахилами из Мотиной больнички) и засунул в него пять пачек червонцев. Остальные деньги я оставил с инструментом в большом «поросенке».

Ухоронку, одежку, «рабочего» поросенка и разостланную клеенку – в рюкзачок. Мусорный пакет – пока туда же.

Я опять полез по балке делать временную нычку. Запихнул в старое место пустые инкассаторские сумки, сделав из них один сверток. По-хорошему, их надо бы взять с собой и выкинуть в помойку по дороге, но в рюкзак они не влезали, а светиться с ними, будучи при огромных деньгах, не хотелось. Деньги я собирался запихнуть за балку там же, рядом, но мешок был небольшой и надежно не застревал. Тут-то мысль и проклюнулась: ПРИХВАТИТЬ К БАЛКЕ СУПЕРЦЕМЕНТОМ! Я слез, достал тюбик и огляделся. Больше всего мне понравилась крайняя балка у торца подвала, уходящая под самую крышу.

Новой нычкой я был очень доволен. К ней не вели следы – я добрался до цели по балкам. Балка казалась вплотную прижатой к стене, и увидеть приклеенный к ней мешочек, стоя внизу, было невозможно, мешали другие перекладины.

Вернувшись, я заметил поцарапанную скальпелем поверхность, отметив, что надо бы в следующий раз все это немного зашкурить. Погасил свет и, потихоньку подсвечивая себе фонариком, вернулся к люку. Снял бахилы и перчатки, выкинул их в свой мусорный пакет, пролез через люк, вышел за сетку, прихватив замок, повесил его на место и запер – он запирался простым проталкиванием дужки вовнутрь.

В этот момент у меня почувствовал животный страх! На спине у меня был тяжеленный мешок улик и доказательства того, что мое место в тюрьме. Хорошо, что в подъезде и сейчас стояла тишина. Не спеша и стараясь не шуметь, я спустился пешком и вышел из подъезда. Пройдясь по свежему воздуху, немного успокоился. Первый этап ухоронки был выполнен.

36. В Мичуринец

Когда я вышел на Смоленскую улицу, городские часы показывали 10:07. Я справился даже раньше, чем рассчитывал. Однако, к вечеру сильно похолодало, и я прибавил шагу. На Бородинском мосту, я достал из рюкзачка мусорный пакет, положил в него пару камней с дороги и, завязав узлом, выбросил в реку. Теперь путь мой лежал к электричкам Киевского вокзала.

Накануне я изучил расписание – следующая электричка, Нарская отходила в 10:40. У касс никого не было, и я быстро взял билет туда-обратно до третьей зоны, как и собирался. Первый раз в жизни купил билет! До отправления оставалось 15 минут. Отчетливо понимая, что риск ничтожен и никому вокруг нет до меня никакого дела, я все же быстрым шагом направился в туалет – в скверике по диагонали от касс. В кабинке я быстро натянул поверх рюкзака красно-желтую безрукавку и нахлобучил старую ушанку с круглой зеленой кокардой МПС.

В электричке я прошел в третий от конца вагон, сел в середине, надвинул ушанку на глаза и притворился дремлющим. Вагон был почти пустой, никто ко мне не подсаживался и даже не смотрел в мою сторону.

Тронулись мы по расписанию и медленно плыли по рельсам до первой станции. Мне предстоял выбор: сойти в Мичуринце или вернуться туда пешком из Внуково. Решил дурью не маяться, а сэкономить время и силы.

Проехав Переделкино, я встал и пошел в хвостовой вагон. В двух последних вагонах пассажиров было больше, но никто даже не взглянул на меня. В предпоследнем тамбуре никого не было, и я решил остаться там. В Мичуринце сошел только я один. Сразу же подошел к ограде платформы и повернулся спиной к окнам электрички, дожидаясь, пока она не уедет.

Примерно километр я прошагал вдоль полотна в почти полной темноте – погода начала ухудшаться, резко похолодало, дождь, тихонько моросящий весь день, усилился. Раз в двадцать шагов я подсвечивал себе фонариком, но батарейка уже садилась, и вскоре я не смог этого делать. Наконец, поравнявшись с очередным столбом электропередач, я решил, что пора. Пути начали идти немного под уклон, а насыпь – возвышаться. Я осветил столб фонариком: номер 217 намалеван масляной краской на высоте метров трех от земли, мне лучше бы запомнить, скорее всего, как ориентир он когда-нибудь мне пригодится.

Отмерив от столба десять шагов по направлению к Внуково, я остановился, снял рюкзачок, достал клеенку и разложил ее изнанкой вверх на тропинке у самой насыпи. Затем снял с себя жилет, ушанку и куртку и вместе с рюкзачком засунул под клеенку. Чтобы хоть немного согреться, я заставил себя сделать три десятка приседаний и приступил к земляным работам.

Наметив участок на склоне насыпи, полметра вдоль полотна и метр сверху вниз, я начал аккуратно собирать горстями щебенку с насыпи и класть ее на клеенку. Вскоре темные камешки сверху оказались в кучках на моей подстилке, и я начал углублять свой тайник, ссыпая щебенку просто на землю рядом с насыпью. Дождь усилился, ста-

   …И АНГЕЛА БЕСПЛОТНЫЙ ПОЦЕЛУЙ

ло еще холоднее. Наконец, когда в вырытое углубление начала осыпаться щебенка с боков и верха, я счел, что глубина достаточна.

Я включил фонарик и с удивлением обнаружил, что вместе со струями дождя в воздухе мечутся небольшие снежинки. Захотелось домой или, хотя бы, в теплую электричку и как можно скорее. Я достал рюкзачок и положил оба поросенка в вырытое углубление. На фоне белой щебенки они выглядели небольшими компактными пакетами. Я уложил их посередине ямы, рядом друг с другом.

Зарывать клад было тяжелее. Я не успевал замерзнуть, несмотря на ветер и дождь. Преодолевая соблазн просто ссыпать сверху щебенку, я поднимал горсти вырытых камней с земли и покрывал свою ухоронку слой за слоем. Когда уровень почти сравнялся с остальной насыпью, я переключился на камешки с клеенки. Засыпав ими остаток углубления, я попробовал замаскировать разворошенную площадь, переворачивая более светлые камешки. Протрудился над этим минут десять, но никакого улучшения не заметил – разрытое пятно было светлее. Я замерз окончательно, да и время мое подходило к концу. Я снова стал горстями разбрасывать оставшуюся кучку щебенки вдоль насыпи у самого края. Покончив с этим, я все же решился и, перебирая ногами, немного осыпал верхний слой насыпи вокруг моей ухоронки метров на пятнадцать слева и справа. Посмотрев на результат собственных усилий, я остался доволен: мне показалось, что загадочная светлая полоса на насыпи будет выглядеть, как что угодно, но не как только что зарытая яма.

Тут раздался дальний паровозный гудок, и рельсы завибрировали. От Внуково шел поезд. Я подбежал к своим шмоткам, быстро перевернул клеенку более темной стороной кверху, накрыв ярко желтый жилет и рюкзачок. Затем спрыгнул в дренажную канаву, сел на самое дно на корточки спиной к рельсам, прижал руки к груди и опустил голову как можно ниже. Через минуту, когда я уже продрог окончательно, мимо меня неспешно проследовал к Москве… длиннющий товарняк.

После того, как проехал локомотив, я перестал скрываться, выбрался из канавы и начал отжиматься и приседать, пока поезд проходил мимо. Состав был тяжеленный, оба пути немного подрагивали в такт стучащим на стыках колесам, но ни один камешек с моей рукотворной (в буквальном смысле) насыпи не осыпался. Я был горд своей работой.

Одевшись, я побежал к Мичуринцу. Когда же, наконец, я укрылся под фанерным навесом на платформе, дождь прекратился – с неба валил снег.

Электричка подобрала меня в 12:39, и в час я был на Киевском. Я уже ничем не рисковал и в жилете не нуждался, но угревшись, решил не разоблачаться. Через вокзальный сквер, Бородинский мост и Смоленскую улицу, почти до магазина «Руслан» я заставил себя бежать мелкой рысцой, не останавливаясь – очень не хотелось заболеть. С костюмом я решил пока не расставаться и временно спрятал все хозяйство в моем «Красном уголке».

Снег шел все воскресенье. Его выпало столько, что казалось, он лег на всю зиму. Я был очень горд собой, что успел соорудить ухоронку в последний час до наступления зимы. Однако сошел весь этот снежок в середине месяца из-за дождей и оттепели, а полноценная зима воцарилась только в декабре.

37. Сходка у Ферзя

В воскресенье я проспал до восьми. Смотрю, мать не вставала еще… Бужу:

– Тебе что, на работу не надо?

– Ох, дай поспать! Отгул…

– Вон, смотри, зима на дворе!

– А что, зимой не спят?

– Ты хочешь, чтобы твои дети мерзли и болели?! Шагом марш на заклейку окон!

– Ой, и вправду, зима!

После завтрака мы приступили к утеплению. Сначала мать заставила меня мыть окна. Мы прогнали Ксанку к соседу. Потом оделись как на улицу, и, раскрыв окна настежь, терли с обеих сторон стекла сначала мокрыми тряпками, а потом сухой газетой. После этого я, стоя на подоконнике, шпаклевал ватой и заклеивал бумагой щели, мать возилась с бумагой и с ватой, подавая мне то одно, то другое. Ксанка, сбежав от Никанорыча, путалась под ногами и хныкала, что ей не дают поклеить.

Буквально через час в нашей комнате стало тепло и чисто, а окна были надежно законопачены и проклеены. Мы же раздухарились и не знали, чем бы еще полезным заняться…

– Раз зима, то пора пельменями запасаться! –

неожиданно подбросила идею мать.

Сказано – сделано! Мать занялась тестом, меня отрядили сбегать в гастроном за фаршем, а Ксанка, вся в мукЕ, активно помогала матери на кухне. Никитишна в гастрономе отоварила меня говяжьим фаршем вне очереди, мать неожиданно нашла давно потерянную специальную нарезалку, и Ксанка с азартом занялась изготовлением кружков теста из раскатанного листа. Потом мы все дружно сидели и лепили аппетитные шарики с мясом внутри. Ими и пообедали. Остальные в двух авоськах вывесили на улицу, за обе форточки в надежно закупоренных окнах. Жизнь налаживалась.

Остаток воскресения я провел за одолженным мне томиком Чехова. Некоторые места я даже зачитывал вслух, и мы все громко хохотали. Про вчерашнюю ухоронку я не вспомнил ни разу.

* * *

В понедельник уроков не было. Вместо первого урока наша классная провела собрание. Кого-то похвалила, кого-то – поругала. Сказала, что нам пора вступать в комсомол, и как это почетно и важно. Потом раздала дневники с отметками в четверти. У меня все было, как я и думал. По физике и английскому ничего не стояло, по алгебре и литературе – четверки, физкультура – пять, остальные – трояки. В графе «поведение» было написано «неуд». В общем, есть, куда расти.

А потом нам всех отпустили на

КА-НИ-КУ-ЛЫ!!!

* * *

Сегодня утром выпустили Ферзя. Когда я вернулся с Ксанкой из школы, Глеб Никанорыч передал оставленную мне записку. В ней было всего два символа:

К восьми я уже перелез через оградку за гаражами у платформы «Матвеевская» и шел к дому крестного. На улице меня никто не встречал. Внутри, в первой гостевой комнате было очень людно. Судя по всему, Ферзь устроил большую сходку. Кое-кого я узнал по случайным встречам на вокзалах или хазах, где собирались перед скоками, но большинства пришедших я не знал. Атос молча кивнул мне, но ничего не сказал. Я немного оробел, ушел в уголок подальше и «прикинулся ветошью».

Ферзь появился через десять минут. Одет как обычно, только православный крестик, который он никогда не носил, сейчас поблескивал золотом у него на шее.

Он с ходу начал громко говорить на чистой фене, обращаясь ко всем.

– В СИЗО со мной говорил генерал из контрразведки. У него

опасение, что навар двух больших скоков ушел врагам. Дал неделю, чтобы деньги найти. Если найдем концы, он о нас забудет, если нет – разорит общак.

В комнате установилась тишина.

– Что ж сам-то не найдет? –

мрачно спросил кто-то.

– Кишка тонка! Они – спецы по другой части.

– А общак разорить – кишка не тонка?

– Кто ж его знает. Слов на ветер они не бросают. Но пока ничем другим он не угрожал.

– А если наши не при делах? –

обиженно проговорил пышноусый Бульба, медвежатник с Красной Пресни.

– Я про то же спросил, а он отвечает: «Значит, не повезет вам».

– И что делать?

– А сами думайте. Через неделю общак либо замерзнет до лучших времен, либо уйдет. И я вряд ли останусь. У кого там адвокаты или стукачи из ментуры на прикорме, крутитесь теперь, как знаете. По зонам я разошлю что смогу, а потом – на сухой паек. Такие дела.

– А всплывет чего?

– Всплывет – неси сюда. Если будет не супротив понятий – откупимся. Это ж не ментура, им кое-чего и слить не грех.

Потом пошел пустой базар, и блатные начали потихоньку расходиться. Я, было, тоже двинулся к выходу, но Атос жестом приказал мне остаться.

Ферзь был краток:

– Что там у вас с Жердем было?

– Как тебя взяли, пришел он, звал нас на скок, но кипиш был, а тебя не было – мы с Пахомычем соскочили. Сдали ему, что нарыли, он обещал отстегнуть за наводку. Потом исчез.

– Откуда знаешь, что он Мебельный брал?

– Не знаю. Но ведь собирался он. Пахомыч ему даже тачку туда прикатил, для отхода. А мы наутро с Пахомычем решили туда глянуть, так там ментов было – не продыхнешь. Вот я и решил, что это он был. Пришел, и Атосу, вон, шепнул.

– Что еще знаешь?

– Да больше ничего, вроде. Еще кента своего, он, вроде, подписал, Коляна. Они вместе чалились.

– Коляна этого встречал?

– Не, никогда... Ферзь, они нам денег должны за наводку. Пришлют, как думаешь?

– Да уж лучше бы, прислали! А ну, как этот гебист прав?

– В чем?

Он досадливо отмахнулся. Я, сам того не заметив, стал задавать вопросы, кому не следует.

– Случились два больших скока, а я – ни ухом, ни рылом, без зацепок. Такого раньше не было. Может и впрямь, далекие гости? И общак не уважили.

– Так ведь время-то еще не вышло!

– Да. Подождем. А ничего и не остается больше, как ждать. Ступай уже. Мне подумать надо.

Уходил я с тяжелым сердцем. До сегодняшнего дня я всерьез и не думал отстегивать за кассу в общак. А теперь, похоже, я загнан в угол. Шпионов будут искать, пока не раскрутят все, что можно. Ведь сколько же государственных секретов можно купить на мой навар? И Жердя найдут, и нас с Пахомычем привяжут, а там, глядишь, мой косяк какой-нибудь вскроется. Ох, как денег-то на отстёг жалко!

* * *

Во вторник, в первый день каникул, я, разумеется, встал в шесть и побежал в школу. В зале было очень холодно, и я разминался дольше обычного. Во мне еще, наверное, сидели Мотины эликсиры, так что тренировка пошла на ура. Я от души оттянулся на кольцах, даже попробовал два новых элемента. Один – выкрут из горизонтального виса – стал получаться, а второй пока не очень, надо будет с Григоричем потренировать, он подскажет, что не так.

После тренировки в школе оставаться было незачем, и я отправился за подарками. Зашел сначала по дороге в мастерскую – заказал себе ключи от школы и зала. Затем, на Новом Арбате в магазине Весна купил себе и Моте резиновые купальные тапочки, для наших ночных водных процедур. Холодный песок с мокрых ног отряхнуть было невозможно, и я надеялся, что мой подарок Моте понравится.

У отдела женского белья я долго – минут пять – высматривал спекулянток. Обнаружить их просто – покупатели смотрят, что на прилавках, а спекулянты смотрят только на покупателей. Наконец, милая ухоженная девушка, без дела болтающаяся около пустого прилавка, показалась мне вполне подходящей.

– Эй, красавица, я ищу подарок для самой лучшей женщины на свете, не поможешь?

– И кем же тебе приходится эта лучшая женщина, красавец? – в тон ответила красавица.

– Мать. Очень нужно ее замуж выдать, колготки бы мне прикупить, в сеточку.

– Ишь ты, красавец, соображаешь! Размер какой?

– Ростом с тебя, но похудее малость.

– Четвертый, значит. Для себя пару отложила, но, раз такой случай, пойдем–ка за угол. Готовь червонец.

Готовлю – достаю из потайного кармана две пятерки, показываю. Получаю блестящую целлофановую упаковку. Проверяю – товар на месте и тот, что нужно. Отдаю деньги, благодарю. Напоследок спрашиваю:

– Это за четыре пятьдесят? Я – не в упрек, мне просто надо знать, что врать.

– Все правильно! Молодец, красавец, далеко пойдешь!

38. Десятина в общак

Решил рискнуть и сходить с Ксанкой в цирк. Билетов не было, но не беда, постоим, посшибаем лишние билеты, не получится – как-нибудь пропихну сестренку.

Приехали в цирк. На дневное представление по Цветному бульвару шли толпы детей, кто с родителями, а кто – целыми классами с учителями. Я уже было решил отправить ее с каким-нибудь классом, у них наверняка были лишние билеты. Но тут увидел, как кто-то машет билетами в воздухе, бросился коршуном, отхватил! Дорого, по рубль двадцать, но места отличные, третий ряд!

Я в цирке один раз был, совсем маленьким и мало чего понимал. Сейчас я надеялся получить куда большее удовольствие, особенно с таким благодарным зрителем, как моя сестренка. Так и случилось.

Первым номером после громкого вступления были наездники на лошадях. Одетые джигитами циркачи выделывали на лошадях буквально все, что хотели. Как гимнасты, они не делали ничего сверхъестественного, но то, как они чувствовали своих чутких четвероногих партнеров, вызывало настоящее восхищение.

Дальше вышли жонглеры. Эти ребята мне никогда не нравились. Они мне напоминают мошенников, даже больше чем фокусники. Хотя, надо признать, что за легкостью и быстротой их движений стоят долгие часы муторных тренировок. Мне кажется, с моими навыками в гимнастике, где синхронность усилий очень важна, и Мотиным эликсиром, я бы вполне мог повторить их немудрящие номера. Ксанка же от их ловкости была в полном восторге.

После потешных клоунов выступали те, кому я особенно завидовал — эквилибристы. Вот это по-настоящему крутые ребята! За их легкими, но осторожными шажками, высоко над ареной на провисшей проволоке — недели изматывающих тренировок, синяки от бесчисленных падений и качание-качание-качание всех небольших, редко напрягаемых мышц. Я охотно аплодировал им.

Потом на арену выехала какая-то группа велосипедистов, проделывающая свои чудеса, не слезая со своих одноколесных блестящих машинок. Забавное зрелище под боевую музыку, но больше для маленьких детей. Ксанке, конечно , понравилось, как и все представление.

После перерыва с пирожным и газировкой, мы вернулись

к арене, уже огороженной толстой решеткой. Укротители! Самый печальный из всех цирковых номеров. Полусонные звери, едва взбадриваемые резким щелканьем кнута, лениво исполняли навеки вызубренные трюки. Едва продравший глаза тигр пару раз сиганул сквозь огненное кольцо, за что получил громкие аплодисменты и пару кусочков тигриного лакомства. Ни гордости, ни достоинства, ничего не осталось в этих одурманенных перекормленных животных.

Фокусник, знаменитый Кио, разумеется, оправдал все ожидания зрителей, пришедших, в основном, посмотреть на него. Я, немного зная подноготную всех его манипуляций, делал для Ксанки удивленное лицо. Но по-настоящему удивился, может быть, только паре трюков.

Клоуны выбегали после всех номеров. Их хохотушка Ксанка полюбила больше всех.

И вот, наконец, воздушные гимнасты — почти коллеги мои. Я не мог оторвать глаз от их точных слаженных движений. Я мог бы повторить некоторые их номера, ну, конечно, не под куполом цирка. И еще я ростом маловат, а в их команде почти каждый может удержать на плечах сразу двух партнеров. Может, это и станет моей карьерой, но не сейчас. Вот вырасту, буду думать.

Счастливая сестренка, не умолкая, восторгалась всю дорогу домой — на 10-м троллейбусе по любимому Садовому кольцу: мимо строящегося Образцового театра кукол, гостиницы «Пекин» на площади Маяковского, яйцеобразного Планетария и Зоопарка, в туннеле под Новым Арбатом и у высотки на Смоленской площади, уже совсем рядом с домом.

* * *

К вечеру, часам к девяти, моя решимость сделать отстег, наконец, созрела. Я залез в свой «Красный уголок», достал «поросенка». Надел перчатки, вынул все пачки денег и разложил на три кучки: 10 четвертных, еще 2 пачки червонцев и остальное: 1 четвертную и 4 – червонцев. Из первой кучки одну из пачек развернул, отсчитал 54 купюры, стянул их резинкой и положил назад в первую кучку. Еще раз пересчитал в уме: 25000 – 2500 = 22500; 25*54 = 1350; 22500 + 1350 = 23850. Отстёг в общак – десятая часть моего навара от сберкассы – был готов. Оторвал пленки, упаковал остаток раздраконенной пачки и добавил его в третью кучку. Отстёг я сложил в брикет три на три и положил неполную пачку сверху. Затем, отрезав длинный кусок пленки, тщательно запаковал и его.

Так же, в несколько слоев пленки, я завернул две будущих ухоронки: первую – 2 пачки червонцев, и вторую – 1 пачку четвертаков, 4 пачки червонцев и остаток от отстёга. Я засунул две будущих ухоронки в «поросенка», а его - в вентиляцию. Брикет отстёга убрал в рюкзачок. Его следовало припрятать для передачи. Ничего лучше багажной ячейки на вокзале я не придумал. И сейчас мой путь лежал на Курский вокзал для моего первого расставания с крупной суммой денег.

* * *

Я дошел пешком по Садовому до метро «Парк Культуры», и по кольцевой линии поехал до Курской:

Парк Культуры: Как дать знать Ферзю про отстёг, оставаясь при этом в тени? Идеально было бы позвонить по телефону, но я не знаю номера. И потом, неизвестно, подходит ли Ферзь к телефону, и поверит ли звонку. А потом, не дай бог, еще узнает меня по голосу.

Октябрьская: Послать кого-нибудь? С запиской? Кого? Первого встречного? И заплатить? А если не отнесет и сам пойдет забирать? Я остановить взрослого мужика вряд ли смогу. Нет, слишком много случайностей может случиться.

Добрынинская: Подкинуть записку самому? В момент вычислят, у них сейчас посетителей мало. Сделать вид, что нашел записку, и отдать? Где нашел? Чушь! Получил от неизвестного? Это вариант. Но надо уверенно врать, описывая таинственного незнакомца, а врать Ферзю, чтобы поверил, не так-то просто. И вообще, если все выйдет наружу, я формально окажусь среди подозреваемых. А пока я абсолютно с этой темой никак не связан. Пусть так и останется.

Павелецкая: Послать по почте? Может быть, если они почту вообще получают. Да и адреса я не знаю. А, потом, их пасут! Сейчас, наверное, все письма их читают…. Нет, не вариант.

Таганская: Почта раньше была голубиная. Жаль, Ферзь голубей не держит. А то как бы голубей менты отслеживали, интересно. Наверное, просто отстреливали бы из рогаток. Рогатка! Привязать записку на камешек, запулить им в окно из рогатки и убежать. Вот он, первый осуществимый план.

Курская: Выходим.

Курский вокзал – огромный, все южное направление обслуживает. Наверное, с него уходит половина московских поездов. Я здесь бываю нечасто, вокзал знаю плохо. Еле-еле нашел камеру хранения. Но пока искал, подметил, где находится маленькое почтовое отделение. Там-то я записку и приготовлю.

Недавно прибыл поезд, поэтому очередь в обычную камеру хранения – человек десять. В отделении автоматических камер – два человека. Встаю последним, оглядываюсь – около багажа обычно трется милиция. Сейчас – никого. А вот и моя очередь, за мной уже стоят двое или трое, так что внимания я не привлек.

Захожу в просвет между рядов с камерами. Вон, две открытых дверцы. Выбираю, которая пониже. Номер 134, не забыть бы. Снимаю рюкзачок, кладу его в ячейку. Там, внутри, развязываю, вытряхиваю «брикет», не касаясь его, кладу рядом. Вынимаю почти пустой рюкзак из ячейки. Теперь – набрать код. Вращаю колесики: нужно набрать букву и три цифры. Набираю Г 0 4 8. Теперь заплатить – пятиалтынный с шумом укатился в щель для монет.

Закрываем дверцу, проверяем – заперто! Осмотревшись, тряпочкой украдкой протираю ручку и колесики на ячейке. Теперь – писать записку. В закутке почты – высокая стойка и маленький столик для инвалидов, особо не развернешься. Хорошо, хоть народу много. Беру несколько бланков для телеграммы, сажусь за инвалидный столик, придвигаю чернильницу и берусь за перьевую ручку, как Александр Блок, наверное. Пушкин, вроде, еще гусиными перьями писал. Первый бланк откладываю, на втором, не касаясь его пальчиками, крупными буквами, с ошибками вывожу:

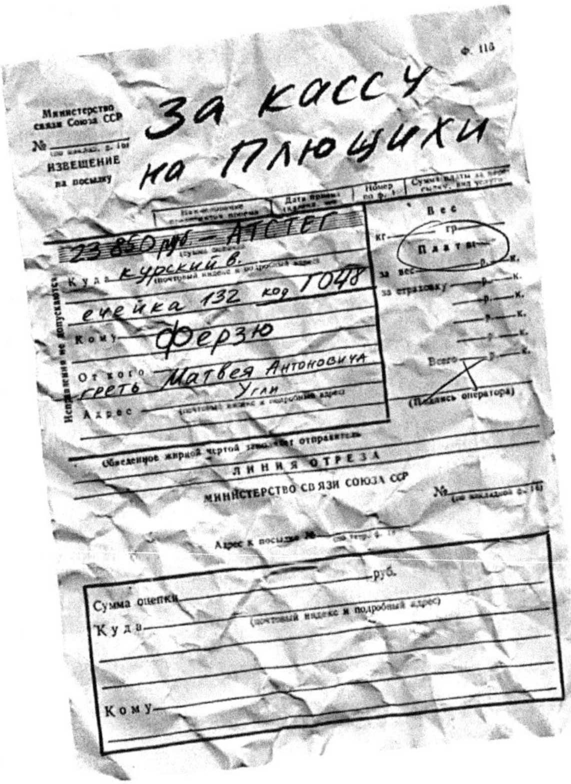

Должен же общак знать, кого, какого М.А.Угли, содержать за отстёг, когда настанут трудные времена!

Я дождался, пока чернила подсохнут, надвинул пустой бланк на исписанный, смял оба и сунул в карман. Записка готова, здесь мне больше делать нечего. Я спокойно сел в метро и решил ехать назад по радиальной, синей линии. Теперь дело за рогаткой.

Признаться, я рогатку никогда в руках не держал. Видел, правда, как друзья из них по фонарям лупили, мне нравилось. Но одно дело – попробовать в охотку, а другое – изготовить, научиться стрелять и в решительный момент не промазать. Затея мне казалась сейчас очень сомнительной. В конце концов, я и швырну ненамного хуже! Кстати, почему этот вариант мне сразу не пришел в голову? Слишком простой! Именно то, что нужно, ура!!!

Прямо в поезде метро роюсь в рюкзаке – вот и пара аптечных резинок. Теперь найти камешек подходящий и, прощай, ферзево окно!

Подъезжая к Арбатской, я сообразил, что если Ферзя пасут, то за его домом наблюдают, и взять меня там могут запросто. Надо продумать план отхода! Выскакиваю на Смоленской и бегу в свой подвал за «маскарадным костюмом».

* * *

И вот я, уже наряженный в свой железнодорожный маскарад, сижу под забором у калитки ферзевой халупы. Я рассчитал время так, чтобы добежать до станции и успеть на электричку в Москву. До броска – одна минута, на правой руке резиновая перчатка, кусок кирпича с прихваченной резинками запиской в правом кармане. На улице – никого. Пора!

Я вскакиваю, размахиваюсь, запускаю камень в темное окно и сразу бросаюсь бежать к станции. Слышу громкий звон разбитого стекла. На тротуаре – нечищеный снег, скользко, приходится бежать очень медленно, чтобы не упасть. На углу переулка оборачиваюсь – в халупе зажегся свет, во всех комнатах. Короткий участок улицы до платформы посыпан песком, можно разогнаться, а электричка уже подкатывает к перрону. Заскакиваю в первую дверь первого вагона, дверь захлопывается, едва не прищемив меня. У-у-ф!

Смотрю в маленькое окошечко из двери тамбура: двое молодых парней в пышных ушанках выскакивают вслед за мной на платформу и машут руками машинисту, но электричка уже тронулась. Да, не зря я обеспокоился с отходом! В вагон не прохожу – в тамбуре никого нет. На Киевском меня могут встречать, так что уйду здесь, на «Сортировочной». Выхожу, иду медленно по платформе к мостику через пути. На платформе – никого. Скорее бы отсюда! По заветной крутой тропинке к дому на Кутузовском я почти бежал. В доме зашел в первый подъезд и снял маскировку. У Триумфальной Арки ждал долго, минут пятнадцать, пока не подъехала моя палочка-выручалочка – родной 39-ый троллейбус.

39. Последнее купание

В среду я, наконец, дорвался до бумаги в клеточку. Выбрал задачку по геометрии потруднее и изрисовал листов пятьдесят, пока решил. Замечательная это все-таки вещь – каникулы! Попробовал почитать «Чайку» Чехова, но через пять страниц откинул книгу с отвращением. Какие-то глупые люди говорят одни глупости! Что-то с этими пьесами не так… Подарил Моте купленные тапочки перед поездкой на купанье. В благодарность, он спер из морга аж две простыни, и мы оправились в Филевский парк. На пляже уже островками белел снежок, но нас это не остановило. Голые, в черных тапочках, разгоняя веера брызг и крича во все горло, мы, наверное, казались полноценными кандидатами в Кащенко. К счастью, как нам казалось, нас никто не видел. Когда мы уже растерлись, оделись и были готовы отправиться в обратную дорогу, раздался резкий короткий свист. Приглядевшись к небольшому перелеску, метров в 20 от нас, у самой воды, я узнал знакомую фигуру. Жердь сидел в странной сгорбленной позе, спиной к нам, и смотрел на реку.

Мотя еще испуганно озирался, когда я тихо, но твердо сказал ему:

– Иди в метро, жди меня полчаса. Не появлюсь – езжай к Ферзю, скажи что видел.

– Здесь опасно, я чую!

– Да, опасно. Уходи быстрее.

И, не слушая его, я направился к поджидающему меня Жердю.

* * *

Страшно было присесть рядом с убийцей, но показать свой страх было хуже, это я знал точно.

– Давно пасешь?

– Я не пас, здесь жду.

– Давно ждешь?

– Третью ночь.

Что-то с Жердем произошло. Небритый как бродяга, глаза воспаленные, речь заторможенная, будто он в полусне.

– К Пахомычу заходил?

– Да, заходил, но он не впустил меня.

– И долю не взял?

– Сказал – тебе отдать… и на общак тоже тебе. И чтоб я к Ферзю не совался.

И он кивнул на черную спортивную сумку, валяющуюся у него в ногах. Я вздохнул, но взять сумку не решился. Помолчали.

– Вы видели? –

еле выговорил он. Я кивнул, но он на меня не смотрел.

– Да. Видели.

Он вдруг заговорил быстро и сбивчиво:

– Не понимаю, что со мной случилось. Как выгребли мы овес весь из медведя, как в сумку ссыпали, что-то во мне сломалось. Колян, довольный – фарт-то какой, торопится на выход, а я дороги не разбираю, следом иду, а в глазах пачки эти, будь они неладны. И чувство такое – всё мое! Не могу, чтобы кто-то до них еще касался! Даже не жадность – ревность какая-то. Ну, как во двор вошли, Колян мой и говорит: в жигуле, мол, порвем, и в разные стороны.

Я как услышал, меня аж переклинило. Не помню, как перо достал,
помню только как горло его забулькало…

Жердь с трудом сглотнул и продолжил:

– А как в тачку зеленую сел, на сумке молнию открыл: смотри, говорю,
Колян, гуляем! А он молчит… булькает только. И никак это бульканье
не проходит, полторы недели уже. Вчера Коляну девять дней было.

– Плохо тебе, Жердь. А охранники из мебельного, как? Не булькают
тебе?

– Веришь ли, не вспомнил о них ни разу. А вот Колян из головы
не идет. Что ни скажу ему – молчит или побулькает – и опять молчит… Эй, Колян!

Он вытянул шею, глядя на реку,

– Погодь, я с тобой!

Мне:

– Там все вам, Форт, отстёг только Ферзю сдай сам, лады? А меня,
видишь, Колян зовет, один дружбан он у меня!

Жердь встал, наклонился, отбросил мне сумку и взял в
обе руки по 16-килограммовой гире, которые лежали под
сумкой. Только сейчас я заметил толстые веревки, намо-
танные на кисти его рук, другие концы были привязаны к
ручкам у гирь.

Взвалив одним усилием обе гири на плечи, Жердь, покачиваясь и с трудом удерживая равновесие, зашагал в
воду, все глубже и глубже. Когда он зашел по грудь, то резким движением выбросил обе гири в воду впереди себя,
нырнул за ними и больше из воды не показывался.

– А-а-а!

Мотя, с дико выпученными глазами, срывая с себя на бегу
куртку, шапочку и майку, бежал к воде. У кромки остановился, судорожно расстегивая ремень и сбрасывая ботинки.

– Мотя, остановись, с ним два пуда железа!

Мой друг, не слыша, полез в воду…

– Мотя, ты тяжелый, я тебя не вытащу!!!

Мой друг уже нырнул. Я стал быстро стягивать с себя одежонку и, когда Мотя вынырнул и дико забарахтался, стараясь подгрести к берегу, я уже зашел по грудь в черную,

кажущуюся маслянистой, ледяную воду, поймал его руку и, что было сил, потянул друга к берегу. Уже на мелководье я заметил, что Мотя сильно хромал, ему свело голеностопную мышцу, поэтому пришлось подставлять плечо и чуть ли не выволакивать его на сушу.

– Не сиди! Отжиматься, быстро!

– Не могу – нога. Иголка... нужна иголка!

Я бросился к своей куртке. Пальцы не слушались, но с третьего раза я отстегнул свой значок «Первый разряд», подскочил к начавшему дрожать Моте и всадил иголку на застежке почти под коленку сведенной ноги. Мотя, не зря доктор, тут же вытянул, как балерина, стопу, и мышцу отпустило.

– Отжиматься!!

И я побежал искать Мотину сумку. Когда я вернулся с сумкой и простынями в ней, Мотя уже был одет и дрожал не так сильно. Сильно дрожал уже я. Теперь уже Мотя взялся за меня.

Он расстелил обе простыни на холодной земле, на них уложил меня на живот (бр-р-р), сел верхом и начал растирать спину – сначала своей лыжной шапочкой, потом просто руками, пощипывая и постукивая, как настоящий массажист. Через пять минут дрожь унялась, я встал и оделся.

– Бегом в метро! Третий раз замерзнем – уже не согреемся...

– А заявить? Про утопленника?

– Я все сделаю, побежали!

– Точно?

– Поверь, нет на свете никого, кто бы хотел больше чем я, чтобы его нашли! И поскорее.

* * *

Мы уже сидели на станции «Филевский парк», ожидая поезд. Жердева сумка лежала у моих ног.

– Что с ним, знаешь?

– Да. Он убил троих. И очень расстроился.

– Ты-то ему на фиг сдался?

– Он был мне должен. Вот, вернул перед уходом.

Я кивнул на сумку. Тут подъехал поезд, и мы забрались в теплый пустой вагон и облегченно вздохнули.

Когда поезд тронулся, я расстегнул молнию на сумке. Пачки денег разных номиналов лежали в трех свертках, туго замотанные синей изоляционной лентой. Я снял шапочку, и, прихватывая ею, извлек один сверток за другим. На бумажках, заложенных под ленты, прочитал:

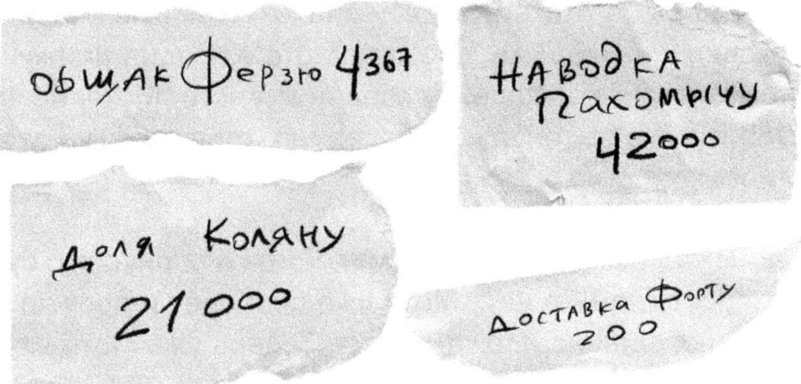

Последняя часть – просто четыре полу-сотенных купюры и записка были скреплены обычной канцелярской скрепкой. Сунув их во внутренний карман куртки, я закрыл молнию на сумке с остальными деньгами и сказал Моте:

– Мне надо отвезти это сейчас же. Прости, что так получилось. Ты завтра в морге будешь? Я приду.

– К Ферзю поедешь?

– Да. Выдерживать допрос с пристрастием. Кстати, если до тебя доберутся, ты все рассказываешь, как было. Все! Ну, кроме того, что видел, что в сумке.

Он кивнул. Мы еще поболтали, и я сошел на Киевской.

40. Доклад генералу

Через полчаса я сидел у Ферзя в кресле, завернутый в ватное одеяло, и в третий раз рассказывал, как утопился Жердь. Три свертка денег красовались на обеденном столе. Наконец Ферзь вздохнул и кивнул Атосу.

– Ну, все ясно. Давай, названивай.

Атос встал, сходил вглубь дома и вернулся с массивным черным телефонным аппаратом на длинном шнуре.

– Добрый вечер, скажите, Александр Михайлович еще у себя?

Куда девалась вся феня и приблатненные интонации? Строгий, слегка суховатый, но абсолютно вежливый тон. Атос далеко пойдет…

– Тогда, пожалуйста, примите для Александра Михайловича срочную телефонограмму. Я диктую: «От генерал-майора Фересенко, отдел специальных фондов. Требуется срочная персональная консультация по только что поступившим материалам. Телефонограмма номер 23, передана пятого одиннадцатого в двадцать два, пятнадцать. Капитан Тер-Атозов».

Ферзь аж крякнул от удовольствия. Через десять минут, телефон негромко задребезжал. Атос взял трубку.

– Да, здравствуйте Александр Михайлович… Да, Федор Юрьевич здесь. Мы только что получили фонды, связанные со случаем на Ленинском проспекте. Да, опять, при неожиданных обстоятельствах. Вам лучше прибыть сюда. Да, мы ждем вас.

Я зашевелился под одеялом:

– Я пойду, пожалуй, вы уж тут без меня как-нибудь…

– Сдурел, шкет? Сиди, где сидел! Ради тебя генерал сюда едет!

– Вы ему все денежки отдадите?!

Замолчали, задумались, потом Ферзь проворчал:

– А хрен ему с маслом! Но показать придется, а то не поверит.

Я вдруг понял, чем мне все это грозит и взмолился:

– Ферзь, об одном прошу – смени бумажки на свертках! Если доля Коляна – половина, к нам с Пахомычем вопросов не будет, а иначе – каюк!

Воры переглянулись.

– Не смените – я хрен чего ему скажу! Пусть он и вас со мной под монастырь подводит! Смените бума-а-ажки! –

привычно захныкал я, но Атос уже действовал. На руках – тонкие кожаные перчатки, из большой пачки аккуратно вынимается бумажка, кусочек справа, где написана сумма, отрывается. То же самое проделывается с меньшей, коляновой долей.

– Деньги не трогаем? –
спросил Атос, прежде чем закончить манипуляции.

– Нет, еще заподозрит чего...
Бумажки были аккуратно подсунуты в нужные места, деньги убраны назад в сумку. Мы были готовы к визиту генерала.

* * *

Через тридцать минут в проулке замелькали фары легковушки, Атос вышел встречать.

– Что тут у вас опять?
Генерал, высокий крепкий худой мужик с короткими седыми волосами ежиком, одетый в светло-серый костюм, недовольно хмурил густые брови.
Атос взглянул на Ферзя, и тот едва заметно кивнул.

– Александр Михайлович, примерно час назад мы узнали, что сегодня покончил с собой некто Силантий Жердюк, по кличке Жердь, вор в законе, организовавший разбойное нападение на мебельный магазин на Ленинском проспекте 10 дней назад. Перед кончиной он передал в общак десятую часть похищенного в размере 9366 рублей 60 копеек.
Генерал поморщился:

– Что-то все больно складно у вас получается, друзья хорошие. Нельзя ли поподробнее?

– Мы подумали, вы захотите выслушать и расспросить свидетеля и попросили его присутствовать на нашем разговоре. Форт?

– Я должен распинаться перед ментом и потом сесть за это?

– Александр Михайлович – не мент, и здесь присутствует как частное лицо. Форт, ты на стрелке, не забывайся!

– Я – Геннадий Болотин, малолетка по кличке Форт, вор, хожу под Ферзем. Представьтесь, пожалуйста.
Генерал удивленно вскинул брови и повернулся к Ферзю.

– Ты чего, белены что ли объелся?! Это генерал КГБ Смирнов. Ну-ка, сбавь гонор и лепи про Жердя!

– Хм, молодой человек, я нахожусь здесь по договоренности с Федором Юрьевичем и расследую деятельность агентуры иностранных разведок. Интереса в расследовании вашей деятельности я не имею.

Я сделал вид, что это меня убедило

— Спасибо, Александр Михайлович. Сегодня в 20:30 я находился с приятелем на пляже Филевского парка, где мы принимали ледяные ванны. Проще говоря, в речке купались. Мы это делаем регулярно, раз или два в неделю, вот уже почти месяц. Когда мы собрались уходить, кто-то свистнул мне. Я узнал Жердя, с которым был знаком. Попросил моего приятеля уйти и подождать меня в метро, а сам приблизился к Жердю, чтобы выяснить, что ему нужно. Жердь признался, что следил за мной во время нашего прошлого купания и ждал меня несколько дней в парке вечером, чтобы переговорить и попросить об одолжении.

Я перевел дух и продолжал.

— Он был в плохой форме, взвинченный, нервный, постоянно сбивался с мысли. В какой-то момент признался, что после налета на магазин зарезал своего подельника, близкого друга Коляна, я не знаю его имени или клички. Говорил, что у него случилось помутнение, что он плохо понимал, что делает, и что очень раскаивается в случившемся. Потом отбросил мне сумку, попросив забрать причитающиеся мне выплаты, передать взнос в общак и, как он выразился, «позаботиться о Коляне». Под сумкой на земле у него лежали две гири по 16 килограмм, как оказалось, привязанные к его рукам. Жердь сказал, что «Колян зовет его», взвалил гири на плечи и пошел в воду. Он был явно не в себе. Зайдя в воду по грудь, он бросил гири вперед и ушел вслед за ними под воду. Больше на поверхности он не показывался. Я взял сумку и сразу привез ее сюда.

Генерал слушал меня с возрастающим удивлением, потом потер руки одну об другую и произнес

— Совесть, значит, замучила. Очень своевременно...

— Я уверен, что тело все еще болтается под водой — гири тяжелые, а течение там не сильное. Мы еще никому не сообщали о случившемся, так что ваши службы смогут первыми заняться расследованием и подтвердить мой рассказ.

— Что связывало вас, Геннадий, с этим Жердем?

Молчу. Думаю.

— Извините, Александр Михайлович. Полноценный ответ на этот вопрос — как бы чистосердечное признание, плюс показания на третьих лиц. Мне нужны от вас дополнительные гарантии.

– Я же ясно сказал, вы меня не интересуете! Ничего про наши встречи я никому не намерен говорить. Как только вы убедите меня в том, что деньги не попали, куда не следует, мы забываем друг о друге.

– Дайте нам честное слово офицера, что вы не предпримите никаких действий на основании полученных от нас сведений, если это не продиктовано необходимостью ваших непосредственных обязанностей по контрразведке.

– Да, это именно то, что я имею в виду. Честное слово офицера.

Я киваю Ферзю. Тот хмуро пожимает плечами и произносит:

– Жердь задумал этот налет еще в начале октября. У него были связи в магазине, он знал о распорядке работы и суммах. Он уговаривал меня на скок и уговорил. Я подключил к делу еще двоих: вот, Генку, для начального проникновения и Сергея Маркелова – для транспортировки, наблюдения и отхода. Жердь еще упоминал Коляна своего, Нагорный его фамилия, он в законе. Предлагал его в запасные, на всякий случай. Налет собирались провести перед праздниками. Но тут меня повязали, и они начали чудить здесь уже без меня.

Теперь никуда не деться, моя очередь.

– Когда Ферзь мне сказал что я и Маркелов в деле, мы с Сергеем Пахомовичем занялись, ну, как-бы, разведкой. Составили план магазина, время и маршруты охраны, возможные входы и отходы. Когда Ферзя забрали, Жердь хотел заменить его Коляном и устроить налет тут же. Но без Ферзя, который нас подписал, мы участвовать не обязаны, вот и отказались – соскочили. Однако Жердя поддержали: продали ему нашу разведку и обеспечили транспортом – за долю. Других отношений у меня с Жердем не было – мы друг другу не нравились, и я старался держаться от него подальше.

Генерал слушал очень внимательно, потом потер руки и сказал:

– Вы понимаете мою проблему? Я сижу и слушаю рассказы. Скорее всего, правдивые. Но мне-то нужны – до-ка-за-тель-ства. А их пока нет. Могу я ознакомиться с содержимым сумки?

Пожав плечами, говорю:

– Я честное слово слышал. Давайте покажем.

Принесли сумку, вывалили на стол пачки денег, перетянутые изолентой. После изучения злополучных бумажек и пересчета пачек, генерал задумчиво произнес

– Вот это ближе к делу. Данные по похищенной сумме совпадают, и почти все деньги – в наличии.

– Вы еще не выловили тело. Я уверен, что в его карманах тоже не пусто.

– Последнее, сверка купюр. Как и вчера, я хочу выбрать десятка четыре купюр и сделать фотографии. Часть денег в сейфе мебельного магазина предназначалась на зарплату и прибыла непосредственно из банка. Оттуда нам передали некоторые номера. Выберите, пожалуйста, купюры поновее и побольше номиналом. Все деньги я, разумеется, вам верну.

Со вздохом Ферзь кивнул Атосу, тот раздербанил пачку сотен и пачку четвертаков, разложил их веером на столе, выбрал, как и просили, несколько бумажек посвежее и передал генералу.

Генерал помолчал, глядя как мы собираем деньги назад, в пачки, и спокойно произнес.

– Я благодарю вас. Редко приходится встречаться с таким пониманием важности моей работы. По вчерашнему делу я готов сообщить вам, что совпадение номеров купюр имело место. Если это произойдет и с сегодняшними купюрами, я могу считать, что вы меня убедили. Вами, конечно же, будут продолжать заниматься службы Щелокова, но это не моя забота. Честь имею, господа.

* * *

Когда высокий гость удалился, мы с Ферзем вернулись к деньгам.

– Почему вам Жердь столько отвалил?

– У жмурика не спросишь. Но ты был в этом деле, так что имеешь право знать: мы все ему нарыли, и вход, и сейф. Весь скок у них занял 30 минут, в основном, чтобы замочить охрану. Поэтому половина – наша.

– Что делать с долей Коляна?

– Дядя Фесь, ведь у тебя общак, люди. Пусть найдут родственников, мать-старушку, пару голодных деток и осчастливят их. Мне же этим, ну совсем в лом заниматься… оставляю тебе?

– Лады…с Пахомычем сами доли порвете? Без крови? Ну, забирай свои сорок две. С грева ты соскочил, уж извини.

– Атос, меня отвезти сможешь? А то что-то знобит меня, у вас сквозняк такой, а я еще сегодня купался в Москве-реке. Дважды!

Наутро встать с постели я не смог. Пришедший врач нашел у меня двустороннее воспаление легких.

Post Scriptum
БЛАТНАЯ ХОРОВОДНАЯ*

Маугли, Маугли,
Куда прыгнул? На угли
Что плясал там? Джигу
И попался? Фигу

Эй, вы, полканы,
Мусора – шерханы:
Прошманайте все углы,
Хрен найдете Маугли!

Маугли, Маугли,
Ярки факелы зажгли,
Подпалили бороды,
Сдёрнули из города!

Маугли, Маугли
Пидманули, пидвели,
Возвертай-ка лишку! -
Шишку вам под мышку!

Маугли, Маугли,
Не поймать вам, кобели!
Не схватить, не выследить,
Не пырнуть, не выстрелить...

Маугли, Маугли,
Всю добычу увели...
Вам копейку? Рублика?
Дырку вам от бублика!

---

*Г.С. Болотин. «Тюремная лирика» ISBN 963-7246-20

ТЕЗАУРУС

После первого издания воспоминания мои вызвали много откликов, в том числе от друзей и знакомых.

Главные нарекания касались «фени» и прочего сленга. Многим, даже жившим там и тогда людям прорываться сквозь поток сознания нашего юного героя показалось затруднительным, и вот я постарался составить небольшой словарик нетрадиционных слов и выражений для лучшего понимания книги.

Нижеследующий текст ни в коей мере не претендует на полноту и точность перевода воровского сленга, а лишь поясняет, что автор дневниковых записей имел в виду.

А

Апельсин – человек, присвоивший себе положение авторитетного вора в уголовном мире, однако сам не прошедший процедур и испытаний, необходимых кандидату в авторитетные воры.

Арматура – набор воровских инструментов

Артист – мошенник, аферист, шулер

Б

Бабочка – складной нож с раздвижной рукояткой

Баклан – Законопослушный гражданин, потенциальная жертва мошенников

Бакланка – 206 статья УК РСФСР (хулиганство)

Балеринка – отмычка

Бан – вокзал, транспортный узел

Бикса – проститутка

Блямба – печать для документов

Братва – профессиональное воровское сообщество

Бригада – профессиональная воровская банда

В

В упряжке – *групповое участие в преступлении*

Вальнуть – *убить, с помощью огнестрельного оружия*

Варить дело – *обсуждать детали*

Волына – *пистолет*

Вор в законе – *высшая каста воровского сообщества*

Вышибала – *собиратель долгов*

Вязать, повязать – *схватить, арестовать*

Г

Глухарь – *бесперспективное, не раскрываемое уголовное дело*

Гопник – *уличный грабитель*

Грев – *подпольная помощь из общака, либо заключенным, либо близким заключенных*

Грести – *идти, передвигаться*

Д

Десятина – *налог в общак, десятая часть (евр.)*

Е-Ж-З

Залезть под статью – *совершить правонарушение*

Замастырить　　　*1. сделать, собрать*
　　　　　　　　　　　2. принять наркотик

Замести – *поймать, задержать*

Зачалить – *разыскать, поймать*

И-К

Калики – *наркотики, как правило, в виде таблеток*

Канать – *убегать, избегать*

Кент – *близкий приятель, друг*

Кипиш – *возбуждение в группе, паника*

Кича – *тюрьма*

Кодла – *банда, преступная группа*

Короновать – *придать статус вора в законе*

Корячиться – стараться

Косяк   1. Самокрутка марихуаны
             2. Ошибка, просчет

Котлы – часы

Крысятничать – брать не положенное по понятиям

Л

Лопатник – бумажник

М

Майданщик – вор, совершающий кражи на вокзалах, рынках, в пассажирских поездах

Маклер – мошенник, специалист по изготовлению поддельных документов

Мальчик – ключ

Малява – воровское письмо, записка

Масть – воровская специальность

Махалово – кулачная драка

Медвежатник – взломщик сейфов

Н

Накидка – нож с выкидывающимся лезвием

Нычка – место, где что-то спрятано

О

Обнести – обворовать

Обуть – обыграть, выманить деньги обманом

Общак – воровская касса

Овес – деньги

Отморозок – уголовник, готовый на безумные поступки, пренебрегающий любыми обстоятельствами, соображениями или правилами

Отмычка   1. Инструмент для открывания замков
             2. В банде – вор, отвечающий за проникновение в помещение, как правило, это мелкий воришка

Отвал – *оплата*

Отпетушить – *подвергнуть заключенного изнасилованию*

Отстег – *оплата частью похищенного услуг или других сборов*

Отвянь! – *Отстань!*

Очкарь – *вор, проникающий в квартиру через форточку*

П

Палёный – *угнанный или украденный*

Перо – *нож*

Петровка-38 – *адрес главного офиса Московского Уголовного Розыска*

Петь – *признаваться, выдавать властям компрометирующую информацию*

Повязать – *арестовать*

Погоняло – *воровская кличка*

Подельник – *партнер по воровскому делу*

Подломить – *вскрыть и обокрасть помещение*

Подрубить – *обокрасть, ограбить*

Подписывать – *вовлекать в дело*

Понт – *хвастовство, похвальба*

Понятия – *свод воровских законов, воровская мораль*

Попка – *часовой, охранник*

Попятить – *украсть*

Понтовать – *гордиться, хвастаться*

Порвать – *разделить*

Поц – *как правило, так называют малозначительного, никчемного зависимого и малокомпетентного человека (идиш)*

Приблуда   *1. техническое оборудование*
       2. холодное оружие.

Припас – *кастет*

Пристенок – *игра с монетами (см. Расшибалка)*

Проканать – *пройти, получиться*

Прокачать – *обсудить, обдумать*

Промылиться – *проникнуть, протиснуться*

Прошмонать – обыскать

Пурга – вранье, хвастовство

Пустить по Владимирке – отправить в колонию

Пушка – пистолет

Р

Развести – уговорить, спровоцировать

«Раковая шейка» – служебная милицейская легковая машина, темно-синего цвета с красной горизонтальной полосой по кузову

Расшибалка (расшиши, чика) – игра, в которой бросают биту в стопку монет, уложенную на определённом расстоянии

Расшить – сделать удачный ход в расшибалке: ударить по монете битой так, чтобы монета перевернулась

Рвать, порвать – разделить

Рисовать – подделывать документ

Рыжье – золото

С

Свинчатка – кастет, тяжелый предмет, зажатый в кулаке

Сдернуть – совершить побег

Серьга – висячий замок

Скок – кража, воровской налет на помещение

Следить за базаром – воздерживаться от оскорблений и нанесения обиды

Слить – продать по дешевке

Смотрящий – неформальный воровской лидер в камере, бараке или на зоне

Срезать – украсть

Ссучиться – пойти на соглашение с правоохранительными органами

Сто семнадцатая – статья 117 УК РСФСР - изнасилование: преступление, осуждаемое воровским сообществом

Стрелка – важная встреча с участием воровских авторитетов

Т

Тема – *преступный проект, план преступления*

Топтун – *скрытый наблюдатель*

Тырить – *воровать*

У

Угловик – *вор, ворующий чемоданы*

Угол – *чемодан*

Уложить на крест – *отправить в больницу*

Ухоронка – *место для долгого хранения ценностей, клад*

Ф

Фарт – *удача*

Феня – *воровской язык, воровской жаргон*

Фраер – *законопослушный гражданин, не вор*

Фуфло – *глупость, подделка, некомпетентное суждение*

Х

Хаза – *воровская квартира, притон*

Ханка – *водка, самогон*

Ханурик – *алкоголик*

Ховать – *прятать*

Ходка – *тюремное заключение, тюремный срок*

Ц–Ч

Чалить – *ловить, уличать*

Чифирь – *очень крепкий чай, напиток заключенных на зоне*

ЧМО – *никчёмный, презренный, морально и физически опустившийся человек*

Ш

Шакал – *мелкий вымогатель*

Шапира – *адвокат, юрист*

Шерстить – тщательно искать, обыскивать помещения, мебель

Шестерка – малозначимый член воровской иерархии

Шкары – обувь, ботинки

Шконка – спальное место или койка в местах лишения свободы

Шнер – холодное оружие

Шнифер – вор, совершающий кражи из нежилых помещений

Шорох – ненужный шум при воровской операции

Штормит – шатает

Шухер – наблюдение, охрана

Щ-Э-Ю-Я

Ямщик – содержатель притона, скупщик краденного

РУССКИЕ ДЕНЬГИ

Грош – 1 коп.

Двушка – 2 коп.

Пятак – 5 коп.

Гривенник – 10 коп.

Пятиалтынный – 15 коп.

Полтинник – 50 коп.

Трешка – 3 руб.

Пятерка – 5 руб.

Червонец – 10 руб.

Четвертак – 25 руб

Полтина – 50 руб.

Косая, штука. кусок – 1000 руб

Содержание